Le Front de l'Est

Un roman sur la Seconde Guerre Mondiale

RICHARD G. HOLE

Le Front de l'Est
Un roman sur la Seconde Guerre Mondiale

Richard G. Hole

La Seconde Guerre Mondiale

SYNOPSIS

Les Russes avançaient sur tous les fronts...

Des millions de soldats allemands ne comprenaient pas que ces soldats russes en haillons et sales, qui avaient poussé les environs de Moscou, de l'autre côté de la Volga et des régions pétrolières de Bakou; ces hommes qui fuyaient ou tombaient prisonniers par millions, dans une conception de masse qu'aucun Européen ne pouvait concevoir, se lançaient maintenant sur les troupes allemandes et celles de leurs alliés, avec une puissance sans précédent.

Le monde tremblait au rythme des combats sur le front de l'Est.

Des millions d'êtres y étaient engagés dans la bataille la plus colossale de l'histoire.

Des soldats allemands, affamés, mal vêtus, exposés au gel, mal nourris et à court de munitions, s'accrochaient au sol dans l'espoir d'empêcher l'ennemi de mettre le pied sur l'Allemagne.

Le Front de l'Est est une histoire appartenant à la collection Seconde Guerre Mondiale, une série de romans de guerre développés pendant la Seconde Guerre Mondiale.

LE FRONT DE L'EST

AVANT-PROPOS

Un peu plus au nord de la Viadsma récemment conquise, la compagnie du capitaine Trauber se dirigeait lentement vers la petite ville de Tepluja.

Durant toute cette nuit, fausse par la lumière incessante des fusées éclairantes et les éclairs violets des tirs, les hommes ont continué à frapper leurs positions sur la neige souillée par la pluie qui avait suivi, détruite par la fatigue des opérations menées. dehors et désireux de s'arrêter, un peu, pour pouvoir, au moins, vérifier qu'ils existaient.

Car, en réalité, depuis qu'ils sortaient d'une Viadsma enflammée, aux rues solitaires traversées de fils électriques, pleines des objets les plus hétéroclites et empestant la puanteur des chevaux morts, leur horizon était devenu une ligne, qui, à partir de leur yeux, il croisa le viseur de leurs armes et aboutit là-bas, dans le panorama confus dans lequel se mouvaient les silhouettes des soldats russes, comme des ombres rapides.

En dehors de cette ligne de feu, rien, pas même le corps lui-même, ne s'était manifesté de manière à croire à son existence. Les muscles raidis par le froid et l'organisme engourdi par la faim et la fatigue, la seule chose qui les habitait de façon palpable était le désir d'avancer qui se concentrait dans le regard vers le point de vue.

Derrière eux, l'artillerie soulevait un coup de tonnerre constant et animait l'air au-dessus de leurs coques dans un va-et-vient de sifflements qui hululaient comme des oiseaux invisibles rapides jusqu'à ce qu'ils deviennent des éclairs au-dessus des lignes ennemies.

Les Russes, ayant créé un vide de retrait derrière eux, offraient maintenant une résistance insistante, alors que les armes allemandes approchaient de Moscou. La vitesse qui jusque-là avait permis une guerre mécanique, dans laquelle les blindés jouaient le meilleur tour, est devenue avec l'arrivée de la neige, dans un combat acharné d'hommes qui ont souffert et sont morts pour avancer d'un seul pas sur la terre dure.

Près du sol comme ses hommes, Karl Trauber, entouré de quelques sous-officiers qui servaient d'état-major, attendit avec impatience l'arrivée de l'aube pour enfin sauter par-dessus les masures fracassées qu'on apercevait à la pâle lumière des explosions.

Conscient de l'état de ses garçons, le capitaine a voulu leur accorder une pause, même brève, pour revoir sur leurs visages sales et barbus, le sourire dans lequel chaque leader lit clairement un esprit de victoire.

La terre semblait bouillir dans une ébullition formidable qui atteignait ses entrailles dans une série de convulsions, comme si la pauvre terre était gravement malade, manifestant sa douleur dans ces frissons qui passaient directement aux corps des hommes qu'elle étreignait désespérément.

« Entreprise Trauber ?

"Oui Monsieur.

— Passez-moi le capitaine.

"Tout de suite.

"Dis-moi ?

« Voici le commandant Strauffer. Comment ça va, Karl ?

« Comme toujours, monsieur. Nous attendons toujours l'aube pour commencer l'assaut.

« Une idée des forces ennemies devant vous ?

« Aucun, mon commandant.

"Ce n'est pas grave. Cependant, soyez très prudent en entrant dans Tepluja. Il semble que les hommes de Semurow campent dans ces environs.

« Le partisan ?

"Oui. Soyez très prudent, Trauber. Qu'aucun garçon ne soit séparé de son unité. Il se souviendra comment les héros se retrouvent entre les mains de ce bandit

« Je vais garder cela à l'esprit, monsieur. Suit-il le même temps pour le déclenchement du tir d'artillerie ?

« Exactement à six heures cinquante-deux. A sept heures, nous prendrons le cliché de la route et du pont derrière la ville. Il sera temps d'intervenir, Trauber.

« Autre chose, mon commandant ?

"Rien, mon garçon. "Bonne chance!", Comme disent les Anglais.

« Merci beaucoup, mon commandant. À votre service.

Comme toujours, dans les dernières heures de la nuit, le silence s'était répandu sur le front comme un présage qui annonçait l'orage qui allait éclater dans quelques heures. Mais le calme du petit univers qui les entourait était plein de dangers, puisque chacun savait que ces heures énormes d'attente étaient souvent utilisées pour les coups.

... "Il semble que les hommes de Semurow campent dans ces environs. Soyez très prudent, Trauber. Vous vous souviendrez comment les héros se retrouvent entre les mains de ce bandit ..."

Les mots de Strauffer n'arrêtaient pas de résonner de manière obsessionnelle dans les oreilles de Karl. Ces mots l'avaient fait frissonner, à son grand regret, car ils contenaient une expérience récente, à mille kilomètres en arrière, près de la frontière polonaise, dans une forêt dont le seul souvenir était capable de faire dresser les cheveux de n'importe quel homme de la Compagnie. . il pouvait être compté, miraculeusement, comme un survivant.

SEMUROW !

Une sorte de tigre déguisé en homme. C'est ainsi que le général l'avait appelé lorsqu'il lui avait rapporté cette terrible attaque au cours de laquelle les hommes qui ont osé se séparer de son unité... sont apparus le lendemain pendus en grappes aux arbres de la forêt.

L'impossible avait été fait pour capturer cette espèce de bête qui laissait dans son sillage une traînée de mort et de désolation comme jamais auparavant l'Unité Armée ne lui avait légué... Mais tous les efforts furent vains ; Semurow se résolvait dans l'air comme cette brume sale qui précédait les aurores russes.

Trauber fut obligé de faire savoir à ses hommes que Semurow rôdait. Mais, au fond de son cœur, le capitaine se sentait un grand devoir de communiquer cette mauvaise nouvelle. Et, ce n'était pas à cause d'un manque de confiance dans les garçons, mais parce que, fatigués comme ils étaient et prêts à se lancer, à l'aube, contre les positions ennemies, la nouvelle ne cesserait de déranger les vétérans et d'inquiéter, peut-être à l'excès. , à ceux qui n'avaient pas vu leurs compagnons pendre aux arbres.

« - Otto !

Le lien s'est précipité du côté de son supérieur.

"Mon capitaine?

« Informez tous les officiers que le bataillon a appris que Semurow est dans les parages. Que les commandants de section l'apportent à leurs femmes. Le slogan est le suivant : aucun homme, pour quelque raison que ce soit, ne doit abandonner son contact avec l'Unité à laquelle il appartient. Que les chefs de peloton ne perdent pas de vue leurs garçons pendant l'assaut. Entendu?

"Oui Monsieur.

La nouvelle était déjà sortie !

Karl essaya d'imaginer ce qui passerait par la tête de chacun de ses hommes. Il était parfaitement sûr que les vétérans serreraient les dents, espérant avoir la chance de voir Semurow de l'autre côté de leurs baïonnettes acérées. Quant aux « newbies »... Qui serait capable de se plonger dans la pensée d'hommes qui ne se connaissent pas ?

Lentement, les ombres de la nuit se désintégraient ; comme si la noirceur était un corps vivant voracement mangé par le papillon de lumière. Les contours des choses sont devenus clairs, d'abord flous, puis les détails ont émergé de l'obscurité qui leur avait été cachée jusque-là.

Cinq kilomètres derrière la Compagnie, le silence est déchiré par les tirs d'artillerie. Des nuées de projectiles, en troupeaux denses, ont commencé à traverser l'espace pour ouvrir dans la ville leurs fans livides de la mort...

Les yeux fixés sur le cadran lumineux de sa montre, Trauber suivait pas à pas le mouvement de l'aiguille des secondes. Ainsi, le temps que dura la préparation d'artillerie dura un siècle pour le capitaine. Finalement, ne pouvant plus contrôler ses nerfs, il a dégainé son pistolet de signalisation, tirant la lumière d'attaque rouge.

Au fur et à mesure que les explosions des obus d'artillerie passaient en arrière-plan, les tirs des armes d'infanterie remplissaient l'espace gris entre les deux lignes.

Karl, suivi des hommes qui composaient son Piana Mayor, franchit rapidement la distance qui le séparait de la ligne d'avant-garde, se positionnant derrière la Troisième Section, qui était celle qui progressait dans l'axe de l'offensive.

L'un après l'autre, se protégeant les uns les autres, les pelotons fermaient la distance qui les séparait de l'ennemi. Pour le moment, ce sont les armes automatiques qui ont eu la parole. Cependant, de temps à autre, l'explosion sèche d'un mortier déchirait la monotonie du feu de la mitrailleuse.

Les Allemands, tout en avançant, maintenaient une connexion totale, continuant à exécuter un plan de tir croisé, chaque fois qu'une petite unité se détachait à l'avant-garde. Ainsi, par étapes, ils arrivèrent près des premières maisons qui n'avaient cessé de brûler depuis qu'elles avaient été bombardées par les canons allemands.

Jusqu'à ce moment, tout s'était réduit à un corps à corps entre le dédale fantastique de projectiles ennemis qui tissaient des réseaux invisibles de mort. C'est alors que commence le vrai combat, dont le programme principal est de déloger l'ennemi de tous les postes de résistance qu'il s'est proposé de maintenir.

La troisième section lança son premier bataillon contre la maison la plus proche. Collés au sol, les hommes commencèrent à glisser, les coudes, dans les ruines brûlantes devant eux. Pendant ce temps, les mitrailleuses les couvraient d'un feu dense qui soulevait, lorsqu'elles heurtaient les faisceaux brûlants, une constellation d'étincelles très rapide.

Après avoir fait avancer deux de ses hommes sur les flancs, pour empêcher l'ennemi de battre en retraite sans pertes, le sergent Kopler a commencé l'assaut de la maison, lançant au préalable quelques grenades à travers les trous illuminés que l'artillerie avait ouverts.

Le bâtiment en ruine semblait être brutalement surpris, et certains de ses murs déjà à moitié effondrés sont tombés dans une formidable poussière. Kopler et ses garçons n'ont pas attendu plus longtemps. Baïonnettes au poing, mitraillette à la main ou grenade non sécurisée, ils ont brutalement fait irruption dans les ruines, ouvrant le feu à droite et à gauche.

Mais, comme ils le pensaient déjà, ils trouvèrent malgré tout la réponse adéquate à leurs « insinuations ». Les Russes, cachés dans la partie la plus solide de la maison, se sont lancés comme des loups contre les assaillants.

Et, comme toujours, au-dessus des armes puissantes et modernes dont se vantent les armées, la victoire devait être remportée par l'élément, par le facteur décisif de la guerre : l'Homme.

La mêlée a commencé à l'intérieur de la maison, sous la lumière sanglante du feu. L'un des soldats allemands a payé de sa vie la victoire définitive de la sienne. Quelques secondes plus tard, les trois Russes occupant les ruines avaient cessé d'exister.

Après avoir surmonté la résistance initiale, Trauber ordonna l'avance générale, étendant le combat, maison par maison, dans toute la ville. Les rues semblaient complètement désertes devant les Allemands et dans l'ombre de chaque bâtiment, il semblait y avoir piège, trahison et haine, main dans la main avec la mort.

Deux heures et douze hommes coûtèrent à la Compagnie le contrôle absolu de la ville. Lentement, marchant péniblement, brisés d'épuisement, le visage et les mains noircis par la fumée de la poudre et leurs uniformes déchirés, les Allemands se rassemblèrent au centre du peu qui restait de Tepluja. La première section, qui n'avait subi aucune perte, était chargée de mettre en place une ligne de défense provisoire à la lisière nord de la ville. Le reste, par ordre de Karl, s'est formé parmi les ruines.

C'est alors, lors du décompte, que tout le monde s'est rendu compte qu'un peloton de la Quatrième avait disparu avec son sergent...

Personne n'avait besoin d'ouvrir la bouche pour tenter une explication. Dans tous les esprits, comme un éclair brutal pour clarifier les idées, un seul mot venait d'apparaître.

SEMUROW !

Trauber serra les poings. Il était sûr qu'à l'intérieur de la ville il ne trouverait pas la moindre trace de ses hommes. Ainsi, après avoir ordonné aux trois sections de prendre un repos bien mérité et de préparer un ranch chaud, il se dirigea, suivi de son sergent adjoint Kramer, vers la ligne de front.

Bien avant d'arriver, il avait déjà été approché par un maillon courant à sa rencontre.

"Capitaine!

"Que se passe-t-il?

L'homme baissa les yeux. L'émotion était claire sur son visage.

« Ils sont là devant ! Était la réponse laconique.

Karl ne lui en a pas demandé plus. De sorte que? Il continua de marcher jusqu'à ce qu'il atteigne l'endroit où la Section avait été installée. Son patron, le lieutenant Lukas, est venu le chercher.

Mais Trauber ne le regarda même pas. Ses yeux, au-dessus des épaules de l'officier, étaient fixés sur la scène macabre qui servait d'horizon au Premier...

Alió en contrebas, à moins de cent mètres de la nouvelle ligne de feu, se détachait sur la monotonie de la plaine, deux arbres et une "isba". Celui-ci ne pouvait attirer l'attention de personne, car ce n'était rien de plus qu'un tas de fumier séché. Les arbres ...

Il y avait les hommes de l'escouade disparue. Ils pendaient aux branches comme des fruits macabres que la méchanceté humaine avait fait sortir des bras nus de l'arbre. Il n'était pas nécessaire de les compter ; Même à leur apparence, malgré leur distance, Trauber était capable de les reconnaître, néanmoins, la terrible similitude que la mort atroce leur avait donné.

Cette scène portait une signature, indubitable, indubitable ; aussi vrai que si l'auteur était là, criant son nom : SEMUROW !

Lukas contemplait, avec ses jumeaux, l'endroit macabre.

« Je n'ai pas osé aller les chercher, les enterrer, car je suis sûr qu'il y a quelqu'un dans l'« isba ».

À son tour, Karl a concentré ses jumelles sur la construction sordide. Avec insistance, sur l'horizon circulaire de l'optique, il parcourait chaque détail de "l'isba". Tout semblait calme, abandonné, définitivement mort comme les hommes suspendus aux arbres. La proximité des personnes exécutées donnait à l'isba un sentiment intime de tragédie

Pourtant...

Trouber arriva sans savoir exactement pourquoi, à la même conclusion que le chef de la première section. Quelque chose d'intime, qui lui venait de son inconscient comme un avertissement, le mettait en garde contre cette masure ridicule, si calme en apparence.

A l'idée que Semurow était à l'intérieur, ses dents grinçaient bruyamment tandis que ses mâchoires se serraient. Puis, sans cesser d'observer l'isba et, donc, sans se retourner.

« Laissez-moi quatre hommes, Lukas ! »

Le lieutenant regarda son supérieur avec étonnement. Il avait parfaitement compris ses paroles, et pourtant il ne pouvait pas croire ce qu'il venait d'entendre.

"Mais, monsieur..." osa-t-il protester.

« Je vous ai ordonné, lieutenant Lukas, de préparer quatre hommes. J'irai avec eux voir ce qui se passe dans cette "isba". Je ne pense pas que Semurow nous attend là-bas ; mais, si c'était le cas, je ne raterais cette occasion pour rien au monde... "Il s'arrêta en mettant les boutons de manchette dans leur étui." En plus, tu dois ramasser ces gars.

Lukas n'osa rien dire de plus. Quelques minutes plus tard, il revient auprès du capitaine avec les quatre hommes sollicités.

Trauber adressa aux soldats un regard compatissant. Puis assombrir à nouveau le visage.

« Allez ! ordonna-t-il en commençant à avancer.

Alors qu'il traversait la ligne de front, qui n'était rien de plus qu'un groupe de trous faits à la pelle une heure plus tôt, Karl fit signe aux hommes qui le suivaient de se courber. Puis, faisant de même, il se mit à courir, en zigzag, vers « l'isba ».

Toute la Première Section était sur les canons. Les hommes étaient prêts à défendre, de quelque manière que ce soit, la vie de leur capitaine. N'importe lequel d'entre eux aurait sincèrement souhaité être à la place de Karl pour ne pas souffrir de cette terrible tension nerveuse. Dès le début de la guerre, dans les plaines de Pologne, dans la blitzkrieg de l'Ouest, les hommes de Trauber avaient beaucoup appris sur ce capitaine ; assez pour l'aimer avec une intensité et une camaraderie merveilleuses.

Trauber s'avança sans quitter des yeux l'isba silencieuse. Il ne souhaitait pas leur destruction rapide, ce qu'il aurait réalisé en envoyant l'escouade de lance-flammes, car, comme une intuition étrange et paradoxale, il était certain que quelqu'un était à l'intérieur.

Un soldat blessé ou quelqu'un qui n'a pas réussi à s'échapper au bon moment. L'idée que Semurow lui-même était là, gravement blessé, ne pouvait pas sortir de son esprit.

A son geste, deux des hommes qui marchaient, comme lui, courbés et prêts à se battre, passèrent rapidement du côté invisible de l'« isba ». Trauber ne voulait en aucun cas que sa proie s'échappe au dernier moment.

Puis, donnant une nouvelle preuve de sa témérité et alors que personne ne s'y attendait, il fit irruption à l'intérieur de la hutte, avant que ses soldats n'aient pu l'en empêcher.

La lumière filtrait à l'intérieur par un petit trou à une extrémité du toit de chaume concave. Karl, la gâchette prête, jeta un rapide coup d'œil à l'intérieur.

Ce qu'il a vu n'était en aucun cas un danger pour qui que ce soit.

Se reculant, il tendit son bras gauche, faisant signe à ses hommes d'entrer. Puis il s'avança de nouveau vers les deux silhouettes humaines qui se trouvaient dans le coin de la hutte.

Dès l'instant où il était entré dans l'« isba », les sanglots de la fille lui avaient donné une idée précise de ce qui s'y était passé. Ce doit être la femme ou la sœur de l'homme couché à côté d'elle.

Une fois les ensoleillés à l'intérieur, le capitaine s'est approché du Russe.

"Se lever!

Elle tourna la tête, striée des larmes qui coulaient abondamment de ses yeux bleus. Deux tresses blondes, nouées de deux nœuds sales, se partageaient une belle chevelure soyeuse.

Il se leva maladroitement, détournant toujours les yeux de l'homme au sol. Karl, à son tour, se pencha et avec la lampe de poche, puisque ce coin était presque complètement sombre, illumina le visage du Russe.

Était mort. Un trou dans le front indiquait par où la balle était entrée. Cet homme était vieux et habillé comme les paysans, n'étant donc pas un élément combattant des forces soviétiques.

« Qui est cet homme ? s'enquit-il en se tournant vers le Russe.

Elle fixa l'Allemand dans les yeux. Ce dernier, à travers les larmes qui continuaient de couler doucement, tombant sur le visage de la jeune fille, crut lire une douleur qui ne s'expliquait par aucun mot.

"Nitchevo ! répondit-elle.

« Vous ne comprenez pas l'allemand ? demanda encore Trauber, s'exprimant dans le peu de russe qu'il connaissait.

« Nitchevo ! » répondit encore la jeune fille.

Karl commença à comprendre que le "choc" nerveux avait dû altérer les facultés du Russe. Car, à chaque question qui lui était posée, elle répondait invariablement par le mot le plus négatif de sa langue.

— Emmenez-la au village, ordonna Trauber. Et, voyant qu'un des soldats est resté. « Attends-moi dehors ! J'arrive tout de suite.

Il n'y avait aucune raison de faire ce qu'il était censé faire. Mais, cette rare intuition du début, pesait encore lourdement sur son âme. Une fois que le soldat a obéi à l'ordre de partir, Trauber s'est agenouillé à côté du vieil homme mort et a commencé nerveusement à le fouiller. Au bout de quelques secondes, il trouva le portefeuille élimé et sale de l'homme. A l'aide de la lampe de poche, il examina les documents et ses yeux brillèrent de mille feux, réalisant que son intuition ne l'avait pas trompé.

Glissant à la hâte le portefeuille dans l'une de ses poches, il continua de fouiller le corps, ne trouvant rien d'autre qu'une chaîne qui pendait à son cou. Délicatement, il la décompressa, la rangeant également avec les documents.

Une fois dehors, il se dirigea vers le militaire qui l'attendait.

« Donnez-moi votre fusil et portez le cadavre de cet homme. Nous allons l'enterrer dans le cimetière du village.

***

Une semaine, courte comme toutes les choses agréables où le temps semble aller plus vite, raccourcissant cruellement le plaisir, passé et s'envoler. L'ordre était déjà arrivé de continuer l'avance et les hommes, aux visages maussades, commencèrent les préparatifs, maudissant que ce merveilleux repos se terminerait si tôt.

Mais il n'y avait pas toute la joie de Tepluja dans le reste, le ranch chaud, les gardes tranquilles et les jeux de cartes qui leur avaient procuré un joyeux bien-être.

Il y avait aussi "Mlle Nitchevo".

C'est ainsi qu'ils l'appelaient tous, puisque personne n'avait réussi à lui faire dire un autre mot.

Depuis que le vieux Russe était enterré, avec une certaine solennité, dans le cimetière du village, devant elle, la jeune femme, sans dire un autre mot que le seul qu'elle semblait connaître, avait agi d'une manière qu'un homme de la Compagnie ne parlait pas. n'éprouvait pas une affection extraordinaire pour cette créature.

Sans dire un seul mot, mais avec un sourire charmeur qui illuminait pleinement son visage, dans lequel, généralement, régnait la tristesse, « Miss Nitchevo » commença à devenir la sœur de tous les hommes de la Compagnie.

Les rayures sur les uniformes usagés commencèrent à disparaître comme par magie, tandis que, par une procédure similaire, les boutons étaient en place, qu'ils avaient depuis longtemps abandonnés, ainsi que les affreux bouts de fil qui retenaient les quelques qui restaient. .

De jour comme de nuit, infatigable à toute heure, « Nitchevo » lavait, cousait, arrangeait mille choses différentes, trouvant encore le temps de jeter un coup d'œil technique à la cuisine où ses conseils muets étaient écoutés avec une attention inhabituelle.

Les soldats de Trauber l'ont comblée de cadeaux. Tous les objets qui avaient été achetés avec l'intention de prendre la route de la lointaine patrie, ont été livrés, avec une simplicité et une sincérité simplement émouvantes à "Nitchevo", la sœur de la Compagnie.

Les deux uniformes du capitaine Trauber brillaient d'une propreté qu'aucun soldat n'avait jamais connue. Et la jeune femme, dans les rares moments de repos qu'elle s'accordait, allait rendre visite au capitaine, s'asseyant à côté de lui et passant de longs moments à le contempler.

Karl ne doutait pas que l'émotion d'avoir assisté à la mort du vieillard avait laissé la jeune fille sans voix, et elle ne pouvait dire plus que le mot qui avait servi à la baptiser.

Malheureusement, l'heure de la marche sonna et la Compagnie se prépara à continuer vers la route glacée qui menait à Moscou.

Trauber avait obtenu un document spécial, un "ausweis" signé par le général du Secteur pour que personne, en aucun cas, ne dérange "Nitchevo". De plus, il a réussi à la loger dans la meilleure maison de Tepluja, en recommandant ses soins aux forces d'occupation qui ont pris le contrôle de la ville.

Plus tard, au moment de la marche et alors que la jeune femme pleurait avec la même intensité que ce jour de "l'isba", Karl lui caressa les cheveux.

"Nous reviendrons bientôt," Nitchevo ", ne t'inquiète pas, prends soin de toi... et" il se souvint de la chaîne qu'il avait prise au vieil homme et la séchant, il la tendit à la fille. " Prends ça, ça t'appartient.

Elle leva les yeux vers lui, le regardant avec une intensité qu'il n'avait jamais utilisée auparavant. Puis, debout sur la pointe des pieds, elle offrit ses lèvres fraîches, dans un geste simple et émouvant où se résumaient tous ses souhaits...

CHAPITRE UN

"IVAN" RÉAGIT

La chance a changé de cap...

Pendant toutes ces années de souffrance, de douleur, où les soldats étaient laissés sur la neige comme des repères humains, comme des traces d'un passé historique plein de gloire, la chance avait changé de cap.

Il semblait que le destin cruel s'était plu à anéantir les espoirs de l'Occident, donnant la victoire à ceux qui, des siècles auparavant, montés sur de petits chevaux tatars, mettaient en danger l'Europe et sa civilisation.

Les Russes avançaient sur tous les fronts...

Pour des hommes comme Trauber, les événements dépassaient le domaine de leur conception individuelle. Et, comme lui, des millions de soldats allemands, n'arrivaient pas à comprendre que ces soldats en haillons et sales, qui avaient poussé les environs de Moscou, de l'autre côté de la Volga et jusqu'aux régions pétrolières de Bakou ; ces hommes qui fuyaient ou tombaient prisonniers par millions, dans une conception de masse qu'aucun Européen ne pouvait concevoir, se lançaient maintenant sur les troupes allemandes et celles de leurs alliés, avec une puissance sans précédent.

Tout ce qui avait coûté tant de sang à conquérir, pas à pas, "isba" par "isba", laissant à chaque combat un nombre croissant de vies, dans cette terre russe, à la blancheur d'un linceul, où se trouvaient les tombes allemandes. éliminé de la mémoire. , il était désormais abandonné dans les flammes d'une technique qui avait appartenu exclusivement à l'ennemi.

La terre brûlée !

Jamais plus logiquement ce rassemblement de feux redoutables qui marquaient les lieux récemment abandonnés par l'armée allemande ne pourrait être appelé désormais "lignes de feu". Une guerre totale, formidable comme acte posthume de quelque chose de colossal qui se préparait déjà à la mort.

Que restait-il de la société Trauber ?

Très peu de chose ! D'un bout à l'autre de cet immense monde soviétique, les hommes de Karl gisaient sous la surface froide de la terre, son dernier rêve dans un pays lointain, différent de tout ce qu'ils avaient jamais connu, aussi étrange et immense que ses dimensions...

Le mot « descendance » semble avoir été définitivement effacé du dictionnaire de guerre de l'époque. Toujours à l'envers ! Revenir voir les mêmes villes, les mêmes villes qui, des années auparavant, avaient été occupées et conquises avec le sourire aux lèvres.

Le monde tremblait au rythme des combats sur le front de l'Est. Des millions d'êtres y étaient engagés dans la bataille la plus colossale de l'histoire. Affamés, mal vêtus, exposés au gel, mal nourris et à court de munitions, ils s'accrochaient au sol dans l'espoir d'empêcher l'ennemi de mettre le pied sur l'Allemagne.

Pour Trauber, la défaite constante que les Russes infligeaient aux armes allemandes était, comme pour tous les combattants, le poignard traître d'un désastre qu'ils ne méritaient certainement pas, après les efforts cyclopéens déployés.

Le passage à Tepluja avait, pour tous les garçons, un ton particulier de tristesse. Les souvenirs étaient encore vivants dans leurs âmes et leurs yeux cherchaient anxieusement, parmi les ruines noircies des maisons, l'image réconfortante de "Nitchevo".

Que serait-elle devenue ?

Personne n'était là pour répondre aux questions qui brûlaient les lèvres de ces soldats. La solitude qui précède la mort, hantait les rues sales de Tepluja, comme un fantôme haineux qui se répétait mille fois, chaque fois qu'ils étaient sur le point de quitter une ville.

Pendant les quelques heures qu'ils y restèrent, Karl, impuissant, parcouru cent fois de suite les rues de Tepluja et cent fois s'arrêta devant les ruines de la maison où il avait laissé "Nitchevo". Puis, poussé par une force supérieure, il se trouva dans le cimetière, à côté de la tombe du vieillard, sur laquelle des fleurs séchées rappelaient la dernière visite de la jeune fille.

TEPLUJA !

Combien de temps tout cela est arrivé ! L'ennemi poussa à nouveau furieusement et Trauber, avec le peu d'hommes qu'il lui restait, revit l'amertume, cette fois un peu plus intense, de voir disparaître à l'horizon les restes mutilés d'une ville où, on ne pouvait le nier, il avait ressenti un bonheur dont il n'avait jamais joui.

* * *

Les forêts polonaises avaient succédé ou les plaines russes. Pour le secteur dans lequel opérait la Trauber's Company, la terre soviétique, avec ses tombes et généreusement arrosée de sang allemand, avait disparu à jamais. Tout cela semblait un terrain qui reposait dans la partie de l'esprit où les souvenirs se blottissent, se recroquevillant dans l'enkystement de l'oubli.

Il ne s'agissait plus seulement de rafraîchir l'élan de l'armée soviétique. D'essayer d'arrêter cette gigantesque avalanche d'hommes qui s'est jetée, comme une énorme avalanche, sur les positions allemandes.

La guerre était perdue...

Les états-majors n'avaient qu'une obsession : trouver des points d'appui suffisamment solides pour pouvoir, sinon s'arrêter, du moins diviser l'avance ennemie, soustrayant ainsi puissance et force de pénétration.

C'est ce qui s'est passé, pour la Compagnie Trauber, dans cet avant-poste polonais qui a reçu le nom de LE FORTIN DU DESESPERATION.

L'ordre leur est venu alors qu'ils se retiraient par le sud de la région de Varsovie. Un motard poussiéreux, qui s'était posé sur la boue des dernières pluies et celui-ci sur la poussière de l'été précédent ; bref, un sale agent de liaison comme tous ceux qui circulent sur l'immense front, tombe sur la Compagnie, après deux jours à l'avoir fouillée inutilement dans tout le Secteur.

Le document était signé par l'état-major général du général Guderian et avait priorité absolue sur tout autre, puisqu'il émanait du quartier général supérieur de l'armée.

« De l'état-major à la division 347.

(Pour son passage à la tête de la Compagnie, Karl Trauber.)

Priorité absolue.

Très secret et important.

Dès réception immédiate de ces instructions, vous procéderez à l'occupation, sans délai, du château-forteresse de Lotzzy. Une fois cette opération effectuée, il prendra la part correspondant à son Unité Supérieure, avec laquelle il perdra définitivement le contact, puisqu'elle ira dans un autre Secteur.

A partir du moment où votre Unité occupera le château-fort de Lotzzy, vous serez responsable devant la patrie de sa défense "une outrance". En aucun cas et quels que soient le statut, le nombre et la circonstance de votre Unité, vous sortirez de cette position Clé qu'il faut défendre « jusqu'à la mort ».

Cet Etat-Major attend l'héroïsme avéré de son Unité, le sacrifice nécessaire à la défense honorable du territoire allemand.

Général en chef des armées
du Troisième Reich.
(Illisible.)

"Heil Hitler."

Les considérations stratégiques et tactiques du château-fort de Lotzzy ont été expliquées ci-dessous. Entouré pour la plupart de marécages infranchissables, c'était le seul point, pendant deux cents kilomètres, par lequel l'ennemi pouvait franchir la ligne. S'ils ne passaient pas par cette partie, les Russes devraient parcourir une centaine de kilomètres à travers chaque partie pour entrer dans la partie inférieure de la Pologne.

Le fort Lotzzy a sauvé une quantité considérable de troupes qui pourraient être envoyées à d'autres presses plus précises.

Trauber lança son Unité et au crépuscule, suivant toujours la direction ouest, le chemin triste et ininterrompu de la retraite.

La petite garnison des forces auxiliaires qui occupait le fort reçut chaleureusement la Compagnie Trauber. Trop chaleureusement pour l'opinion de Trauber.

A cette époque, trop de choses commençaient déjà à se dire que, des mois auparavant, personne n'aurait osé, non seulement dire, mais presque penser. C'était certainement la chose la plus douloureuse pour des hommes comme Karl dont la tête l'idée douloureuse de la défaite totale ne pouvait pas entrer.

Et il était, en effet, très difficile qu'après avoir fait partie de l'imposant pylône à marteaux qu'était l'Armée au début de la campagne et dans toutes celles d'Europe, cet effondrement total pût être accepté comme une chose irréparable.

Il y avait dans le cœur de beaucoup d'Allemands, en ces heures amères, un espoir aussi fort que l'élan qui les avait portés à toutes les batailles d'Europe avec un sourire de triomphe aux lèvres. Chaque matin, chaque fois que le ciel annonçait la présence de l'aviation amie de moins en moins nombreuse, les bons Allemands levaient les yeux pleins d'espoir, espérant voir quelques-unes des merveilleuses « armes secrètes » que leur avait promises Hitler.

C'est pourquoi, lorsque Karl se rendit compte de la joie folle avec laquelle il était reçu, comme un soulagement, dans ce fort qui n'avait pas encore subi les ravages de la guerre, l'amertume, en vérifiant l'existence de la lâcheté, dans un uniforme dans lequel il pas la croire capable, il ressentit une douloureuse sensation de douleur dans son âme.

Empêche ses hommes de parler à ceux qui partaient, il ordonne à leur chef de quitter le fort immédiatement. Puis, lorsqu'il se retrouva seul, dans sa chambre, avec ses pensées, il préféra se consacrer à travailler intensément, tuer le souvenir des paroles douloureuses qu'il venait d'entendre.

Le château-forteresse de Lotzzy était une ancienne forteresse que les Polonais d'abord, puis les ingénieurs allemands, avaient transformé en un bastion suffisamment solide pour être défendu avec une certaine aisance.

Du côté est, le fort s'enfonçait matériellement dans la rivière et de part et d'autre, au nord et au sud, les marais l'entouraient complètement, le faisant former une sorte de presqu'île, dont l'isthme était formé par un étroit sentier qui partait de la arrière et pointant vers l'ouest.

En temps de paix, le fort possédait un beau pont qui le reliait à l'est à l'autre rive du fleuve, évitant un détour d'environ cent cinquante kilomètres. Mais, depuis que les Allemands ont envahi la Pologne, le pont avait été complètement détruit, remplacé par l'une des circonstances qui, à son tour, avait été détruite quelques jours avant l'arrivée de Trauber à Lotzzy.

Sa Compagnie avait utilisé des bateaux pneumatiques pour franchir la ligne invisible qui reliait les deux rives, car, à droite et à gauche, une centaine de mètres en aval et en amont, les eaux se mélangeaient aux sables mouvants du marais, rendant les chemins impraticables. zones avec tout moyen de navigation.

Lorsque les occupants du fort se sont éloignés, le vaste espace situé derrière était complètement désert. Les habitants des deux villages que l'on apercevait des anciens remparts s'étaient depuis longtemps enfuis, laissant derrière eux la triste solitude de l'abandon. De cette façon, la

Compagnie de Trauber était complètement isolée, car, bien qu'elle puisse sortir par l'arrière du fort, les ordres de l'État-Major ne lui permettaient pas de le quitter.

Le fort de Lotzzy se composait d'un étage, avec un toit-terrasse au sommet, occupé par plusieurs nids de mitrailleuses en béton, et d'un sous-sol humide et insalubre dans lequel se trouvaient les chambres de la troupe, celles des officiers. comme : tels que les dépôts de nourriture et de munitions.

Karl fit une visite détaillée à ces derniers, constatant avec satisfaction qu'ils étaient pleins et que, par conséquent, il garantissait assez longtemps la nutrition de ses hommes et celle de ses armes.

Les Russes sont encore loin et le capitaine consacre cette trêve à renforcer les défenses du fort, à épaissir les embrasures du premier étage avec des sacs de sable et à établir un plan de feu le plus efficace possible.

Les hommes avaient compris ce qu'on allait leur demander, et ils avaient tous l'idée que ces murs sales avaient plus d'une chance de devenir sa tombe. Mais, emportés par le caractère souriant de leur capitaine, ils abandonnèrent aussitôt les pensées noires du début, se laissant emporter parmi les mille occupations du jour et savourant la tranquillité que leur permettait l'éloignement de l'ennemi.

Mais tout s'arrête...

L'arrivée de l'aviation soviétique était comme un avertissement que les jours calmes étaient révolus. Les énormes quatre-roues bombardèrent toute la bande de terre qui formait l'isthme entre les deux rives du fleuve. (Le fort a reçu sa dose correspondante d'explosifs et cinq hommes ont perdu la vie en tentant de mitrailler les bombardiers alors qu'ils survolaient.)

A partir de ce moment, les incursions sont devenues plus nombreuses et Trauber a dû prendre des mesures pour éviter que ces attaques ne lui fassent plus de victimes. Ne disposant pas d'artillerie antiaérienne, il préféra s'enfermer au sous-sol avec ses garçons, attendant patiemment la fin du bombardement avant de retourner à l'extérieur. Les murs de la forteresse étaient suffisamment solides pour ne pas craindre qu'une bombe ne provoque la destruction complète de la redoute.

Deux jours plus tard, la tranquillité et le silence s'emparèrent à nouveau de la terre et du ciel. Mais il y avait quelque chose de sinistre et de faux dans cette tranquillité et ce silence qui ne pouvaient en aucun cas tromper les combattants vétérans comme les hommes de la Trauber Company.

Il n'y avait pas le moindre murmure, et même les eaux de la rivière semblaient couler prudemment, craintivement, à travers les branches mouvantes des marais. La brise s'était enfuie et l'air, malgré la basse température, pesait sans doute sur les corps et plus encore sur les âmes.

C'était une sensation indéfinie où la proximité de la tragédie définitive était « mâchée » ; quelque chose comme une prémonition, un avant-goût, gravé dans l'air, des dangers que cachait un horizon toujours plus proche.

La tension nerveuse atteignit des limites insoupçonnées et sur les visages des soldats on pouvait clairement lire l'inquiétude qui surgit devant l'inconnu dont la puissance ne peut être calibrée qu'à son apparition.

Le moment était venu "de cela il n'y avait aucun doute pour Karl" de parler sérieusement aux hommes. Puis, plus tard, dans le feu de l'action, les paroles seraient inutiles et il fallait que chacun des soldats s'imprègne de la qualité d'effort et de sacrifice qui allait lui être demandé,

Au milieu de ce silence impressionnant, le capitaine fit aligner ses hommes dans la salle qui formait presque entièrement le rez-de-chaussée du fort.

« Vous sentez dans l'air qu'ils se rapprochent, hein ? "C'étaient ses premiers mots, en souriant." Oui, mes amis, la puanteur d'Ivan est déjà partout. Bien que nous n'ayons pas encore réussi à voir leurs visages sales, je suis plus que sûr que leurs patrouilles leur remplissent les yeux de notre forteresse », a-t-il fait une pause et après avoir parcouru les rangs serrés des soldats avec un regard confiant.

« Pour la première fois, poursuit-il, nous allons combattre seuls. Pas d'Unité à droite, pas d'Unité à gauche et rien derrière ; un vide sur lequel on ne peut pas compter. Seul devant un ennemi mille fois plus puissant que nous, mais cela a l'inconvénient d'être obligé de pénétrer dans le fort pour percer à l'ouest. Je ne suis pas un ami des discours et moins en ces occasions où le panorama qui s'offre à nous n'est pas du tout prometteur. Nous nous sommes battus assez longtemps ensemble pour que nous n'ayons pas à nous donner des avertissements stupides.

"Cependant" un sourire triste accentuait les traits de son visage fatigué "Je voudrais vous dire que, quoi qu'il arrive, j'ai pleine confiance que vous montrerez aux Soviétiques que la route de Berlin n'est pas, loin de là, une promenade militaire . Je ne suis personne pour vous raconter comment se passe la guerre ; vous voyez déjà cela par vous-mêmes et vous le commentez suffisamment pendant les longues veilles ou quand le sommeil ne veut pas venir. Je vous assure que je préférerais que vous pensiez comme moi qui, je le jure, j'ai tout oublié, sauf que je suis un soldat allemand qui ne doit pas se reposer jusqu'à ce que l'ennemi se rende ou qu'une balle m'empêche de continuer à combattre..." il fit une nouvelle pause puis, avec ce sourire avec lequel il pouvait tout obtenir de ses hommes ». Rien d'autre les gars !

Les soldats se retirèrent en silence, mais leurs yeux brillaient de l'intensité des bons moments où il fallait faire un effort, presque toujours couronné de la seule victoire qu'un soldat puisse espérer : la mort...

CHAPITRE DEUX

"SEMUROW"

Non loin de l'état-major soviétique, une douzaine de larges tentes dressaient leurs cônes sales au-dessus du sol recouvert de neige piétinée, qui formait une boue noirâtre. Des hommes, équipés de mitrailleuses portables Thompson flambant neuves, récemment arrivés des États-Unis, protégeaient ce groupe de magasins contre la curiosité générale.

Cependant, il n'aurait pas été nécessaire que les gardes se promènent en faisant leur garde ; aucun soldat n'aurait osé s'approcher de trop près du petit camp, même s'il était complètement dépourvu de sentinelles.

Tout le monde connaissait trop bien la triste renommée de Semurow. Et si aucun soldat soviétique ne se souciait de ce que cet homme faisait avec les Allemands, les missions « secondaires » qui avaient été confiées à Semurow lors de la grande offensive allemande leur avaient fait prendre conscience des instincts sauvages du partisan.

Semurow et ses hommes s'étaient voués, par ordre supérieur, à empêcher leurs compatriotes effrayés de fuir devant l'impétueuse attaque allemande. Et de la même manière que les Allemands qui tombaient entre leurs mains, finissaient pendus ; les Soviétiques qui ont montré une certaine vitesse dans la retraite, sont tombés sous les balles des partisans, restant dans la neige en exemple pour ceux qui ont oublié leur devoir.

Semurow avait un énorme ascendant dans l'armée et même dans l'état-major général. En réalité, les sentiments qu'ils éprouvaient étaient, parfaitement camouflés, ceux de la peur ; une peur logique de cette panthère en colère qui n'était pas heureuse s'il ne tirait pas sur quelqu'un.

Dans sa tente cylindrique, Igor Semurow fumait tranquillement, entouré de ses « officiers ». Il était grand, dégingandé, osseux, mais aux épaules larges et d'une musculature nerveuse. Il avait un front étroit, des sourcils hirsutes et un nez aquilin qui rappelait vaguement son origine arménienne.

La noirceur de ses yeux était peut-être le détail le plus sinistre de sa personnalité, car il était très difficile de trouver une couleur similaire sur un visage humain. Cela le faisait ressembler à un animal de boucher toujours à l'affût de proies sans défense. En réalité, peu, très peu étaient les hommes qui osaient croiser son regard perçant et perçant. Et même ceux qui osaient n'aimaient pas le faire sans ressentir un frisson involontaire parcourir leur échine.

"Le camarade Semurow" qui parlait était une sorte de gorille avec un visage qui rappelait vaguement celui d'un homme", cela fait longtemps que l'offensive a commencé, qu'on ne fait rien de drôle. Ceux de l'Etat-Major sont nous engraissant comme des porcs...

Igor regarda son interlocuteur. Il était l'un de ses hommes préférés en raison de la bestialité qu'il possédait.

« Tu as raison, Trupiew. Et je commence à en avoir marre de tout ça. C'est vraiment dommage que les Allemands fuient comme des femmes ! Comme je voudrais que les nazis lancent une autre de leurs offensives... ! Alors on s'est bien amusé ! Vous ne pensez pas, commissaire ?

L'homme interrogé, qui dévorait le contenu d'une grosse boîte de viande, releva la tête en poussant un grognement qui était la seule chose qui pût sortir de sa bouche pleine.

Il devait être aussi grand que Trupiew lui-même, même si sa force était plus contenue dans un corps qui n'atteignait pas les dimensions sismiques de l'autre, mais qui possédait néanmoins une animalité et un primitivisme évidents.

Son large visage était presque circulaire, dans une tête sphérique de cheveux coupés et avec les caractéristiques raciales des Orientaux. Des yeux bridés, un énorme nez aplati et des pommettes saillantes, le tout dans des proportions trapues, comme s'il s'agissait d'une sculpture faite rapidement, négligemment, comme une esquisse d'homme dans laquelle l'humain était représenté bestialement.

Personne ne connaissait son nom, et aucun des hommes de Semurow ne comprenait un seul mot parmi les quelques mots que le « commissaire » pouvait prononcer. L'histoire de sa « nomination » par Igor faisait encore rire quand quelqu'un la racontait parmi les anecdotes sanglantes du groupe de partisans.

Cet homme avait été arrêté avec beaucoup d'autres membres de sa race alors qu'ils fuyaient rapidement devant les forces allemandes dans un secteur sud du front de l'Est. A cette occasion, le groupe Semurow a quitté les champs pleins de corps d'Ouzbeks, dans l'une des missions de "discipline" à laquelle ils se sont consacrés avec une ferveur particulière.

C'est à cette occasion que, cachés dans quelques buissons, ils découvrirent cette espèce d'homme primitif qui grognait, lorsqu'on la découvrait, comme tout animal sauvage poursuivi par une meute de chiens.

Lorsque Trupiew était sur le point de le "tuer", Semurow, qui était avec lui, trouva tous les grognements amusants. En même temps, ses yeux perçants se rendaient compte que sous ce visage inexpressif, il y avait la férocité d'un homme primitif qui pouvait être utilisé correctement.

Élevant la voix, en même temps qu'il attrapait le bras armé de Trupiew pour l'empêcher de tirer.

« Élevé ! Laissez-le sortir.

L'Usbeko, au geste impératif de cet homme, sortit de sa cachette précaire, laissant ses lèvres charnues et épaisses dessiner les contours d'un sourire qui ressemblait plutôt à une grimace grotesque par laquelle il tentait de déguiser sa peur.

Il a dit quelque chose dans sa langue que, bien sûr, personne n'a compris. Puis, pour rendre sa reddition plus efficace, il leva les bras, plaçant ses deux mains sur la nuque massive de son cou.

Les hommes de Semurow s'étaient rassemblés autour de leur patron. Habitués à s'amuser des bons mots d'Igor, presque toujours sanglants, ils espéraient, à cette occasion, s'amuser.

" Camarades ! " cria Semurow avec cet accent sinistre que son peuple aimait tant. " Voici le deuxième chef de notre groupe. Vous n'avez qu'à le regarder, pour voir qu'il est l'une des plus grandes intelligences que nous ayons rencontrées en toute la guerre " avec une voix faussement solennelle et en essayant de faire taire les rires qui ont explosé partout. " Moi, Igor Semurow, partisan indépendant, nomme cet homme " commissaire " de mon Groupe.

Depuis, le "commissaire", qui n'avait pas compris un seul mot du discours de son patron, perdait sa peur en testant le goût d'un aliment qu'il n'avait pas goûté de toute son existence.

Lentement, fils des plaines d'Asie centrale, il s'assurait une existence comme il n'aurait jamais pu l'imaginer, devenant le chien fidèle d'Igor auquel il obéissait aveuglément. Semurow avait vu, en choisissant cet Asiatique à la fois complexe et vague, le rôle de « commissaire ». Ainsi, lorsqu'un des hommes du Groupe oubliait ses devoirs, le chef le montrait à l'Usbeko et d'une voix qui n'admettait aucune réponse :

« Prenez soin de lui, 'Commissaire', c'est un sale cochon et un traître !

Alors, dans le fond jaunâtre de ces élèves qui n'avaient vu que des plaines brûlées par le soleil et des chevaux minuscules, presque comme des chiens, ils s'éclairèrent d'une terrible lumière de férocité et le misérable qu'avait indiqué Igor, se sentit pourtant en peu de temps, les griffes de l'Asiatique se referment sur son cou.

En dehors de ces "services exécutifs", le "commissaire" a passé sa vie à essayer d'étancher la faim que, pendant de longs et terribles mois, il avait subie du front jusqu'à ce qu'il tombe aux mains des partisans.

En attendant les lèvres de son "maître" puisque dans son cerveau primitif il n'y avait aucune différence entre les Semurow et les anciens propriétaires du pays que ses parents et leurs parents avaient connu et servi, l'Usbeko consommait une quantité incalculable de boîtes de viande que les Semurow Groupe possédait un montant qui aurait fait mourir d'envie n'importe quelle unité de l'Armée rouge.

Semurow et ses hommes aussi.

* * *

Les premiers soldats russes sont apparus de l'autre côté du fleuve...

Ils étaient les avant-gardes d'une puissante armée à qui avait été confiée la mission de traverser Lotzzy pour prendre contact avec une autre qui avançait par le Sud. L'union devait être réalisée à côté de l'ancienne frontière germano-polonaise et, à partir de ce moment même, les troupes soviétiques pouvaient déjà être considérées en pleine Allemagne

Depuis les embrasures du fort, les hommes de Trauber examinaient attentivement l'arrivée des premiers ennemis. Un silence tacite régnait des deux côtés et seuls, comme des projectiles invisibles, les regards, chargés de haine, étaient la seule chose qui passait entre les deux côtés.

Appuyé sur les sacs de sable qui avaient remplacé le béton détruit par l'un des bombardements de l'aviation soviétique, le capitaine surveillait attentivement, avec ses jumelles, ces silhouettes rapides qui se déplaçaient prudemment le long de la rive opposée du fleuve.

Les Russes portaient des uniformes rembourrés et des chapeaux de fourrure, dont les extensions latérales couvraient presque complètement leur visage. Dans leurs mains brillaient les armes modernes qu'ils avaient reçues de leurs alliés occidentaux et ils n'étaient plus, comme au début, pieds nus et à moitié nus. Ses pieds étaient protégés par des bottes en cuir fabriquées non loin de Londres...

Tout au long de la journée, les silhouettes marchaient le long des berges de la rivière, creusant avec de longs bâtons les zones où les sables mouvants des marais se refermaient, dans une étreinte de mort, sur tout ce qui leur tombait dessus.

À la tombée de la nuit, Karl doubla la garde et maintint ses hommes en alerte, attendant en vain que l'ennemi initie une action offensive d'essais et d'erreurs.

La partie du fort qui faisait face à la rivière avait été complètement débarrassée des restes du pont détruit et n'offrait rien d'autre que la surface glissante et glissante d'un « glacis » sur lequel il était presque impossible pour un homme de grimper. C'était, en fait, la meilleure défense dont disposait le capitaine, car les plantes aquatiques abondaient en cet endroit, rendant encore plus difficile l'ascension aventureuse de l'infanterie ennemie.

Ceux-ci, pour atteindre le fort, devaient utiliser des péniches de débarquement ou, à défaut, des canots pneumatiques, car la profondeur du fleuve, bien que non excessive, présentait au contraire le danger d'un fond formé de sables mouvants.

Pendant la nuit, Trauber n'arrivait pas à s'endormir, préférant se promener de tous les côtés du fort, passant soigneusement par les gardes et encourageant constamment les sentinelles qui inventaient à percer les ténèbres qui les entouraient.

Très vite, bien avant l'aube, la rive opposée est éclairée par des centaines de feux de joie qui témoignent de l'arrivée de toutes les troupes prêtes au combat.

Il était clair que l'ennemi connaissait, avec une certaine précision, le maigre nombre d'Allemands gardant le fort et même la nature de leurs armes. Certain donc de pouvoir nager cette poignée de soldats allemands, ils ont déployé et fait étalage de leur force, face à un ennemi qu'ils ont prévu de détruire en un minimum de temps.

Pensivement, Karl examina les Russes, intimement convaincu que les combats à venir allaient être exceptionnellement durs. Il avait pleine confiance en ses soldats, mais il n'ignorait pas la folle conclusion qu'ils pouvaient résister indéfiniment à un ennemi de cette catégorie.

Comptant rapidement le nombre d'incendies et appliquant un calcul simple, le capitaine allemand arriva à la conclusion que les forces stationnées sur la rive opposée de la rivière équivalaient approximativement à la force d'une division soviétique. Naturellement, les Russes auraient pu allumer un certain nombre de feux de joie qui ne correspondaient pas à leur véritable besoin. Un tel engin était déjà bien connu de tous ceux qui avaient combattu en Orient.

Mais, en tout cas, la logique ne manquerait pas de montrer que les Russes avaient fait venir des forces considérables, non pas pour lutter contre le fort, précisément, mais pour continuer l'avance et procéder à l'occupation de la vaste zone polonaise qui s'étendait derrière Lotzzy.

Dawn a surpris Karl en train de regarder le feu soviétique. Alors que la lumière du jour brouillait le contour des flammes des feux de joie, le capitaine pouvait apercevoir les groupes denses de soldats se réchauffant au fu-ego.

Il ne s'était pas trompé.

Là, de l'autre côté de la masse crasseuse de la rivière, se trouvait toute une division. Maintenant, vous pouviez voir, non seulement les hommes, mais les armes ; batteries situées à gauche; les chars en arrière-plan, avec leurs grandes masses brunes et les tentes élégantes dans lesquelles, sans aucun doute, l'état-major de l'unité était installé.

Les Russes n'ont pas attendu longtemps. A huit heures du matin, un incendie destructeur se déclare contre le fort. A un coup par seconde, l'artillerie commença à balayer de son horrible feu, la défense allemande.

Après avoir subi les premières pertes, Karl ordonna rapidement à ses hommes de descendre dans la cave. Depuis que l'aviation avait attaqué si vicieusement, le capitaine avait fait deux petits trous percés dans le mur des caves, qui révélaient tout le passage forcé de la rivière.

Pendant six heures interminables, le feu de l'artillerie ébranla jusqu'aux fondations du solide édifice. La poussière des murs brisés et l'odeur de la trilite, descendaient par les interstices, rendant l'atmosphère des caves devenant franchement irrespirable.

(Les trois hommes qui avaient été blessés par les premiers coups de l'artillerie ennemie ont cessé d'exister vers midi. Rien ne pouvait être fait pour empêcher ces énormes blessures de saigner. tromper personne. Ils étaient les premiers morts dans le fort après ceux tombés dans le bombardement. Annonce macabre pour les défenseurs héroïques qui, regardant de travers les corps immobiles de leurs compagnons, imaginaient aisément que ce serait, tôt ou tard, sa fin logique.)

Au cours des premières heures de l'après-midi et presque jusqu'au crépuscule, une tranquillité absolue régnait de la part des Russes. L'artillerie avait cessé de tirer et le silence, après la terrible tempête ininterrompue de coups de feu, semblait troubler les nerfs bien plus que le coup de canon lui-même.

Le visage collé à l'un des trous d'observation du sous-sol, le capitaine surveillait le rivage ennemi où, pour le moment, tout restait immobile. Avec une certaine amertume, il se rappela que pas un seul coup de feu n'avait été tiré du fort. Seuls les Soviétiques avaient parlé jusque-là.

Tout à coup...

Le rivage rouge a commencé à picoter intensément. Des centaines d'hommes s'approchaient du bord de l'eau, portant sur le dos de longs canots gonflables qu'ils lançaient à l'eau. Presque immédiatement et dans la lumière rougeâtre du coucher du soleil, une vingtaine de navires sillonnèrent les eaux en direction du fort.

Allez les gars, ils arrivent !

Il n'y avait pas le moindre signe d'inquiétude chez les soldats allemands. Au contraire, une joie folle s'empara d'eux à l'annonce du combat. Ils étaient fatigués de résister à une situation qui n'était pas du tout brillante et ils ont préféré, mille fois, mourir en tuant des ennemis que de le faire comme ils étaient tombés aux mains de camarades pendant l'action d'artillerie.

Ils montèrent rapidement au sommet du fort. A la vue de cet amas chaotique de terre et de pierres, ils poussèrent une exclamation volontaire de mauvaise surprise. Tout y était changé en un chaos désordonné en lequel l'artillerie avait transformé les défenses supérieures du fort.

En un rien de temps, les Allemands se jetèrent sur les décombres, préparant, en quelques secondes, un endroit d'où ils pourraient tirer confortablement.

Derrière eux et à côté du capitaine, le lieutenant Lukas était personnellement chargé de mettre le feu aux deux seuls mortiers qu'ils possédaient.

Les canons noirs des mitrailleuses pointaient par-dessus les pierres et les réticules, couvraient les cibles mobiles qu'étaient les canots pneumatiques.

Trauber a permis à l'ennemi d'entrer dans le cours de la rivière, jusqu'à ce que les bateaux ne soient plus qu'à une douzaine de mètres de l'insaisissable « glacis » du fort. À ce moment, avec sa propre mitrailleuse, il a donné le signal de tirer, tirant lui-même sur les Soviétiques.

Le premier bateau pneumatique, transpercé par les tirs précis de Trauber, n'a mis que quelques secondes à couler. Mais, les Russes étaient très près de la partie inférieure du « glacis » et en quelques coups énergiques, ils atteignirent les pierres, se préparant à gravir la pente pour atteindre le fort.

Les autres bateaux subirent le même sort, à l'exception de deux qui, sous un tir précis de mortier, explosèrent avec tout leur équipage.

C'était précisément ce que voulait le capitaine Trauber...

N'eut été de la situation tragique, les efforts désespérés des Russes, tentant en vain d'escalader la surface glissante du mur en pente qui formait le « glacis », auraient semblé extrêmement cocasses.

Cependant, emportés par les balles allemandes, que les Allemands tirent à vingt mètres au-dessus, les Soviétiques s'effondrent lourdement dans l'eau, laissant derrière eux une tache rouge qui semble flotter quelques instants à la surface du fleuve avant de se dissoudre. complètement.

Ceux qui, paniqués, tentaient la largeur de la rivière, à la nage, subissaient une mort pire. Traînés en aval dans la zone des sables mouvants où ils ont disparu au milieu d'horribles cris démontrant l'horreur de leur horrible agonie.

Lorsque le dernier ennemi eut disparu sous les eaux, les Allemands, émus par un geste de victoire à l'unisson, poussèrent un cri dans lequel la joie s'exprima de manière bruyante. Ils n'avaient pas subi une seule perte, détruisant, au contraire, toute une Compagnie qui était celle qui avait tenté en vain de prendre d'assaut le fort.

Pendant la nuit, une des Sections écouta attentivement. Mais à l'aube, l'artillerie soviétique entame son violent bombardement, en représailles à ce qui s'est passé la veille, les Allemands se retirent tranquillement dans les caves, le cœur rempli de joie.

Seul Karl, alors qu'il se reposait, tentant de réaliser un rêve plus que nécessaire, ne participait pas aux réjouissances de ses hommes, sachant que les terribles heures d'épreuves ne faisaient que commencer.

Et de cela il pouvait en être sûr, il ne s'était pas trompé...

CHAPITRE TROIS

MENACE LA NUIT

Assis en face du général, Igor Semurow fumait calmement l'une des luxueuses cigarettes que le chef de l'armée venait de lui offrir.

Le regard perçant du partisan ne se séparait pas du visage de son interlocuteur. Ce dernier, visiblement mal à l'aise sous ce regard insistant et sans la moindre notion de respect et de discipline, maudissait intérieurement l'ordre capricieux qu'il venait de recevoir de Moscou et qui, pour lui, ne constituait qu'une insulte directe aux forces militaires sous sa direction. commandement et indirectement, un affront à lui-même.

En louchant, pour échapper à ce regard insupportable qui s'était irrémédiablement fixé sur ses pupilles, le général se rappela les paragraphes blessants de l'ordre qu'il avait reçu directement du Kremlin.

« Ayant urgemment besoin d'employer les forces sous son commandement dans le secteur nord du front et ayant fait preuve de son peu de combativité, échouant devant un petit nombre d'ennemis dans le secteur Lotzzy, nous lui ordonnons de remettre le contrôle complet dudit secteur au Les forces paramilitaires du colonel Semurow, dont nous sommes sûrs, mèneront victorieusement et rapidement l'opération qui lui a été confiée. Ses trois divisions se dirigeront vers le secteur nord. jusqu'au champ GPU, le plus proche pour recevoir le cadrage et les enseignements politiques appropriés.

Se souvenant de ce dernier paragraphe, le général frissonna de la tête aux pieds.

« Pour recevoir le cadrage et les enseigntments politiques appropriés » - », a-t-il répété plus lentement que la première fois.

Cela signifiait que la Division serait décimée, après avoir assisté à l'exécution massive de ses officiers et qu'à partir de ce moment, ils seraient remplacés par des éléments de la police soviétique qui ne laisseraient pas passer un seul jour sans appliquer la peine de mort à qui il s'écartait le moins de ce que le GPU entendait par « discipline soviétique ».

Le général rouvrit les yeux, osant cette fois regarder l'homme devant lui. Depuis qu'il avait quitté l'Académie militaire de Novegorod, il n'avait même jamais imaginé qu'une guerre prendrait la forme particulière sous laquelle se déroulait celle-ci.

En regardant Semurow, ce « colonel » si estimé dans la haute ville de Moscou, le général pensa avec amertume au temps et à la vie qu'il avait malheureusement perdu avec les livres. Tous les efforts dans lesquels il s'est honnêtement lancé avec l'intention de devenir un excellent militaire n'avaient été que la démonstration la plus évidente que l'exercice des armes dans son pays n'était rien d'autre que quelque chose de mesquin et secondaire. , toujours soumis à une politique qui dominait entièrement les cadres de commandement.

C'était là, assis en face de lui, l'exemple le plus clair de ce qu'il pensait. Un homme sans culture, sans scrupules ; une sorte de tigre sanguinaire, arborant l'insigne d'un colonel, poste auquel il était passé directement de son obscur poste de partisan.

" Camarade Semurow ", l'effort qu'il a fait pour s'attaquer à ce monstre était indescriptible. « Moscou m'a ordonné d'ordonner le raid sur le blockhaus de Lotzzy. Tous nos efforts ont été complètement inutiles, étant donné les circonstances tactiques particulières de ce champ de bataille.

Igor jeta le mégot au sol, puis l'écrasa avec ses bottes mujik rugueuses.

" Des conneries ! " Il a froidement tiré sur le visage du général. " Vous êtes tous empoisonnés par des mots étranges que vous avez appris dans des livres aussi inutiles que vos uniformes. Pour faire la guerre, vous n'avez pas besoin de mots, mais d'actions. ne pas se rendre plus que lorsque la botte est posée sur son cou ou que la baïonnette est enfoncée jusqu'aux entrailles... tout cela "tactique" et "stratégie" ne sert plus qu'à discuter dans les salles chaleureuses de vos Académies...

Le général sentit la rougeur lui monter au visage, le fouettant comme un coup de feu. Se mordant la lèvre, elle essaya d'oublier ce qu'elle venait d'entendre.

— Chacun a sa façon de faire la guerre, camarade Semurow, répondit-il d'une voix voilée par la colère. Mais nous ne sommes pas venus ici pour discuter entre nous, mais pour voir le meilleur moyen de finir par couler l'ennemi commun. De quelles armes avez-vous besoin pour l'assaut?

"Aucun ! La voix d'Igor était d'une insolence intolérable. Ces dernières années, personne ne m'a demandé de quelles armes j'avais besoin pour pendre les nazis. Mes hommes et moi, nous savons parfaitement que les Allemands n'ont pas peur des canons et de l'aviation. Ceux-là les chiens ont besoin d'un traitement particulier pour comprendre qu'ils doivent quitter la Russie ! "Il s'est levé et a jeté un regard méprisant sur son interlocuteur" : Sauvez les armes, les canons, les avions et les chars, pour vos soldats qui ne peuvent pas faire la guerre sans "tactique" ou "stratégie" ! Et dites-leur, pour moi, au nom d'Igor Semurow, qu'ils sont une bande de salopes, des lâches comme leurs patrons et que mes hommes vont leur montrer comment prendre un fort à poitrine ouverte aux balles ennemies.

Le général s'était levé. Pâle comme un mort, sa main droite s'abaissa rapidement à l'endroit où pendait l'étui de son pistolet. Mais le calme de son visiteur arrogant, qui ne cilla même pas, et la peur de la suite, lorsque Moscou apprit qu'il avait tué le « colonel Semurow », l'arrêtèrent en pensant à sa femme et sa petite fille qui attendaient avec impatience son retour triomphal...

* * *

Les Allemands ne pouvaient pas croire ce qu'ils voyaient de leurs propres yeux...

Sur la rive opposée, les troupes soviétiques, en formation correcte, se dirigeaient vers une très longue file de camions dans laquelle elles montaient par petits groupes.

De puissants tracteurs venaient aussi traîner les lourdes pièces d'artillerie et la colonne, interminable comme une traînée de fourmis, disparaissait bientôt dans l'horizon lointain, laissant derrière elle un nuage de poussière qui s'élevait vers le ciel, se dissolvant enfin complètement.

Les soldats ont exprimé leur joie par des acclamations et des câlins. Leurs voix résonnaient dans le fort comme des cris de victoire éclatante. Il semblait bien, en les voyant, que la guerre venait de se terminer par un triomphe retentissant pour le IIIe Reich.

Trauber souriait aussi...

Cependant, dès qu'il le put, il abandonna ses soldats et, accompagné du lieutenant Lukas, descendit dans les caves de la petite pièce qui lui appartenait.

Lukas était un géant blond, le type racial pur nordique classique, avec des carrures athlétiques et un front étroit. Ses yeux bleus étaient pleins de vie et ses lèvres minces s'ornaient, presque constamment, d'un sourire où semblait résider un mépris olympien du danger.

Ils s'assirent sur les couvertures qui servaient de lit au capitaine.

« Vous ne les croyez pas, hein, monsieur ?

« Qu'est-ce que je dois croire, Lukas ?

"Laissez vraiment les Russes partir...

Trauber regarda attentivement l'officier. Plus tard:

« Je pense qu'il n'y a aucun doute sur leur départ, lieutenant. Il serait absurde d'imaginer qu'ils effectuent une manœuvre pour nous tromper. Vous comprendrez que pour une poignée d'hommes comme nous, ils ne vont pas produire l'essence de tous ces camions.

Ils restèrent silencieux un moment. Finalement, le lieutenant se décida à sonder son supérieur. Ainsi, franchement et ouvertement.

« J'aimerais savoir ce que vous pensez de tout cela, capitaine.

"C'est très facile, Lukas", répondit Karl avec un sourire. Les Russes sont partis, c'est une réalité indéniable. Mais, s'ils ont quitté le jeu, c'est en vérifiant qu'avec les méthodes qu'ils ont employées, le fort ne tomberait jamais entre leurs mains, ou qu'il faudrait assez de temps pour qu'il ne soit plus utile de l'occuper. Il ne faut pas oublier, lieutenant Lukas, que, tant au Nord qu'au Sud, à une centaine de kilomètres d'ici, des deux côtés, les nôtres se battent désespérément devant un ennemi supérieur en tout. Le temps que ces deux armées opposées avancent un peu, environ trois cents kilomètres, Lotzzy aura cessé d'exister en tant que nécessité militaire.

« Est-ce que cela signifie que nous devrons nous retirer ?

"Je n'y crois pas. Avancer de trois cents kilomètres devant une armée allemande qui, bien que faible, résiste bravement n'est pas aussi simple que de prendre ce fort et de prendre nos troupes par derrière. Vous avez peut-être remarqué que les Russes, depuis qu'ils ont commencé leur série d'offensives, ont fait sienne la tactique que la plupart de l'Europe nous a donnée : la tenaille.

« Ce que je ne comprends pas, ce sont les raisons de cette retraite ennemie. Oui, comme tu le dis, ils sont intéressés à s'emparer de Lotzzy au plus vite, je ne peux pas expliquer pourquoi ils sont partis.

— Moi non plus, lieutenant. Mais ne vous inquiétez pas, il ne faudra pas longtemps avant que nous sachions ce qui se cache derrière tout cela.

À l'exception du groupe qui montait la garde dans la partie supérieure de la forteresse, le reste de la Compagnie se reposait des longues heures de combat. Les hommes dormaient profondément, oubliant, pendant quelques heures, le drame historique et personnel dans lequel ils se trouvaient depuis des années.

Cette nuit-là, le sergent Kopler était avec l'ensemble de son peloton à regarder depuis les remparts en ruines, la noirceur de la nuit russe qui les enveloppait. Silence et ténèbres s'étaient complètement jumelés depuis que les Russes s'étaient retirés de la rive opposée. Rien ne semblait troubler la tranquillité de ce coin polonais ; comme si les morts de bien des siècles et de bien des guerres leur avaient enfin conquis un silence qui semblait devenir éternel.

Kopler allait d'une sentinelle à l'autre, causant un peu avec chacun et mettant dans leurs paroles apparemment insignifiantes une épine d'espoir qui ne manquait pas d'encourager les garçons.

Une fois, lorsqu'il parlait à l'un d'eux, il se tut soudain, essayant de percer les ténèbres à travers lesquelles coulaient les eaux du fleuve.

Il était évident qu'au-dessus du bruit du courant, on en entendait un autre, différent, interrompu, comme si quelqu'un y caressait désespérément. S'il s'agissait d'un nageur, le son qui parvenait aux oreilles du sergent venait d'un seul être humain qui se noyait ou, au contraire, qui tentait, dans un effort colossal, d'atteindre le fort.

La singularité du son incita Kopler à ne pas tirer la sonnette d'alarme. S'il s'agissait, comme il en était presque certain, d'un ennemi fou ou d'un Allemand qui avait réussi à franchir les lignes russes en se jetant désespérément dans le fleuve, lui seul pouvait résoudre le problème. De plus, la perspective de capturer un prisonnier était extrêmement tentante.

Après avoir confié à la sentinelle ce qu'il comptait faire et lui avoir ordonné de couvrir sa retraite, Kopler descend doucement le « glacis », en empruntant un chemin accidenté qu'il avait appris par cœur depuis le début.

Il descendit comme une ombre parmi les ombres, silencieux et attentionné, tout ouïe et conscient du doux murmure qui continuait de venir de la rivière. Alors qu'elle approchait du rivage, l'assurance que quelqu'un nageait, déjà près d'elle, fut complétée par une sorte de grognement haletant du mystérieux personnage.

Lorsque les pieds du sergent touchèrent le rebord plat où se terminait le « glacis », déjà dans l'eau, il se figea complètement au bruit de la respiration haletante de l'homme et au bruit de l'eau tombant de ses vêtements trempés.

L'inconnu devait être très proche de lui et Kopler, pistolet dans une main et lampe de poche dans l'autre, se décida à agir. Le plus important était de ne pas rater le coup, car il ne pouvait se permettre d'allumer la lanterne plus d'une fois et, de plus, le combat sur cette petite corniche de pierre aurait été impossible.

Il alluma la lampe de poche, en un éclair, alors qu'il portait le coup avec la crosse du pistolet. Tout s'est passé en une fraction de seconde et le sergent a dû se déplacer rapidement pour éviter que le corps de l'homme qu'il venait de priver de conscience ne tombe à l'eau.

Le tenant avec ses bras et ses jambes, dans une position inconfortable, Kopler ne pouvait s'empêcher de s'estimer heureux d'avoir accompli quelque chose d'aussi incertain et difficile. Puis, levant la tête vers le fort :

« Hans ! « criez ». Lancez une corde ! Laissez deux autres vous aider.

Il ne lui a pas fallu longtemps pour sentir la corde le frôler alors qu'il tombait d'en haut. Habilement, il a attaché le corps du prisonnier, ordonnant qu'il soit hissé.

Ils l'ont fait, en lançant à nouveau la corde pour relever le sergent. Le mur était excessivement insaisissable et Kopler dut se permettre de grimper, faisant semblant d'être mort, car du côté où ils le hissaient, il n'y avait pas le moindre rebord qui pût être utilisé pour aider à l'ascension :

Les soldats avaient laissé étendu le corps de l'homme capturé par leur supérieur, attendant de recevoir de lui les instructions appropriées.

"Emmenez-le en bas," ordonna-t-il. En attendant je vais réveiller le capitaine.

Dans la salle commune, éclairée par des lanternes à huile, Karl examina attentivement le corps immobile du prisonnier.

C'est un Usbeko », a-t-il précisé après s'être rendu compte du groupe racial de cet homme ». Ceci, si je ne me trompe, signifie que nous avons été placés devant le plus barbare des soldats russes. La garde devra être renforcée, car, comme on vient de le voir, ces gens-là n'aiment en rien les poissons.

L'Usbeko avait commencé à entrouvrir les yeux. Ses pupilles se redressèrent intensément et, secouant la tête, il jeta un regard circulaire autour de lui. Puis, comprenant sa situation, il laissa échapper un grognement féroce.

« Qui êtes-vous ? demanda le capitaine.

Les yeux bridés se fixèrent sur ceux de Trauber. Après et comme il avait été demandé en russe :

"Je suis le commissaire", a-t-il répondu.

Karl comprit que l'homme ne parlait pas russe et que les mots qu'il venait de prononcer étaient peut-être les seuls qu'il avait appris après d'énormes efforts. Cependant, il a posé l'autre question qui était plus importante pour lui et son peuple que la première.

« Qui est ton patron ?

L'autre ne détourna pas son regard du visage du capitaine. En entendant la deuxième question, son torse se dilata en une expression de fierté indicible.

"Semurow ! répondit-il.

CHAPITRE QUATRE

OBSCURITÉ!

"Nitchevo" était très content...

Pour la première fois de sa vie qu'elle pourrait dire ne lui avait apporté aucune joie, le cœur de la jeune femme connaissait le goût délicieux d'un espoir qu'elle avait ancré dans son cœur avec une force si intense qu'elle servait, seule, à métamorphoser le l'existence de la fille.

Elle en était presque arrivée à oublier l'étrange silence qui s'était emparé d'elle lorsqu'elle assistait au meurtre de son père pour... Mais, elle préféra garder tout ça dans le coin le plus oublié de sa mémoire, profitant d'un cadeau qui l'avait fait connaître des moments d'une joie inconnue, jusque-là pour elle.

L'existence à Tepluja, depuis l'arrivée des Allemands chargés de l'occupation de la ville, était pour elle calme et paisible. Le document que le capitaine Trauber avait fait pour elle lui rendait les choses extrêmement faciles, étant respectée de tous et bénéficiant d'un traitement et d'une déférence parfaits, en plus du fait que chaque semaine, elle recevait une provision de nourriture, de quoi vivre Sans soucis. .

« Nitchevo » ne faisait pourtant pas partie des femmes qui peuvent rester les bras croisés et, par les gestes éloquents qu'elle a utilisés pour se faire comprendre, elle a fait savoir aux occupants qu'elle était prête à s'inquiéter de l'état de leurs vêtements. , comme il l'avait fait avec les hommes de la Trauber Company.

Tout le monde à Tepluja l'adorait et rien ne manquait à leur table, puisque les Allemands y avaient trouvé quelque chose de simplement inexistant dans la distance qui les séparait de leurs maisons. Si jamais quelqu'un était sur le point d'oublier la sainteté de la jeune fille, ses compagnons et la signature de Karl sur le document, ils ont agi comme des rappels forts, et les choses n'allaient pas au-delà d'une plaisanterie avortée sans la plus haute importance.

Dans le monde émotionnel de "Nitchevo", la seule image qui l'habitait, propriétaire de toutes ses pensées, était celle du capitaine Trauber. Elle devait honnêtement avouer qu'elle était tombée amoureuse de cet Allemand qu'elle connaissait à peine. Mille doutes différents l'assaillirent au début et elle dut se battre avec acharnement contre eux, afin de continuer à construire son avenir en utilisant comme mortier un espoir auquel elle avait fermement attaché la raison première de son existence.

Karl et ses hommes lui envoyèrent des images amusantes, avec de courtes inscriptions que, bien qu'elle ne comprenne pas, elle devina avec son fin instinct féminin. La nuit, lorsqu'elle tombait sur son lit, lasse de son travail quotidien, elle priait pour ces hommes qui, dans un coin reculé du pays, se battaient et mouraient dans l'immense silence des nuits glaciales.

Mais, après les heureux temps de paix dans cette arrière-garde russe, les mauvais moments sont arrivés ... De nouveau l'agitation et la peur sont nées dans le cœur douloureux de "Nitchevo" et les roldados qu'il a vu chanter vers la ligne de feu, Ils sont revenus maintenant, fatigués, sales, nombre d'entre eux bandés, blessés, avec la mort dans la lueur terne de leurs prunelles et un air de tristesse infinie sur leurs visages.

Elle a été invitée à faire marche arrière. Ils lui firent gentiment place dans un camion et le terrible exode commença, semblant ne jamais finir. Des pays nouveaux, des régions inconnues, dans lesquelles il n'avait jamais mis les pieds, défilaient sous les yeux tristes de "Nitchevo".

Tout le monde était encore gentil avec elle. Mais, peu à peu, à mesure que les conditions des fronts devenaient plus précaires, lorsque les faits d'une défaite incontestable se sont cloués dans le cœur des Allemands, les gentillesses ont fait place aux regards maussades, à l'éclat rare dans les yeux des hommes. qui a cessé d'être lorsque la mort, dans une image injuste de guerre perdue, les a saisis de ses bras glacés.

"Nitchevo" s'est rendu compte que tout tournait, allait mal et qu'une action démoniaque rare accompagnait le désespoir de ceux qui craignaient déjà la violation de leurs maisons par les Soviétiques, l'incendie de leur patrie et l'agonie éternelle d'un horrible esclavage.

Une nuit, silencieusement, "Nitchevo" s'enfuit vers l'est avec le seul espoir de retrouver le capitaine Trauber. Le destin ne pouvait pas décevoir ce cœur dans lequel la pureté, comme une gemme rare dans ces moments sanglants, brillait au milieu de la désolation et du mal qui chevauchaient, en compagnie intime avec les Quatre Cavaliers de l'Apocalypse. •

• • •

SEMUROW !

Une fois de plus, sur l'ordre d'un sort cruel, la Compagnie Trauber se trouva face à face avec le partisan. Le commandement russe avait su confier l'attaque de Lotzzy à un homme qui avait de bien meilleures chances que tout autre d'y parvenir.

Trauber fixa le corps tombé de l'Usbeko. A partir de ce moment précis, il était pleinement convaincu que le combat allait prendre des directions très différentes de celles qu'il avait prises jusqu'à présent.

Il n'y aurait plus de préparation d'artillerie, d'attaques aériennes brutales, plus de canots pneumatiques essayant de se frayer un chemin vers le fort. Avec Semurow il fallait se préparer à un combat caché, terrible, sans quartier, à tout moment, en tout lieu et à tout moment.

Il faudrait rester les yeux écarquillés, jour et nuit, sans repos possible et sans jamais laisser un seul homme dans aucun poste de garde. Karl connaissait trop bien son nouvel ennemi pour laisser ses hommes, un par un, orner les arbres, comme des fruits macabres, sur les rives devant lui.

D'un côté, il ressentait une sorte de satisfaction de savoir qu'Igor était de l'autre côté de la rivière. Ils avaient de nombreux comptes en suspens à régler avec ce meurtrier et il souhaitait seulement que le moral de ses hommes ne cède pas à la malédiction du mot Semurow, afin qu'il puisse effacer du monde des vivants cette vipère dont il savait tant. ...

Il n'avait jamais voulu dire quoi que ce soit à personne et continuait d'observer la documentation du vieil homme décédé dans l'« isba » de Tepluja, à côté du cadavre duquel « Nitchevo » pleurait de façon inconsolable. Mais, dans les rares occasions où il l'avait relu, il n'arrivait pas à digérer l'idée qu'il y avait des hommes chez qui la bête effaçait complètement sa catégorie d'humains.

Car ce pauvre vieillard Andreï Semurow n'était autre que le père de ce scélérat qui avait sans doute été son assassin !

Karl avait toujours soupçonné que "Nitchevo" était la sœur d'Igor Semurow. Mais il n'avait jamais pu en être sûr, puisque les traits du vieillard mort n'avaient rien à voir avec ceux de la jeune femme. D'autre part, n'ayant jamais vu le partisan, il lui était impossible de faire une comparaison physionomique entre lui et la fille.

Cela pouvait aussi être sa petite amie... Il y avait pensé tant de fois, sentant la haine qu'il ressentait envers Semurow grandir encore plus. Mais pour l'instant, il ne pouvait en aucun cas prouver l'une ou l'autre des deux hypothèses formulées.

L'important maintenant était de se préparer au combat contre Igor et les sans âme qui composaient son groupe "patriotique". Après avoir fait enfermer le « comisario » dans l'un des cachots de la forteresse, Trauber convoqua ses officiers, leur donnant un compte rendu exact de la situation.

"Je dois vous donner des nouvelles," commença-t-il à dire. Les Russes nous ont envoyé un vieil « ami » de la Compagnie. Je veux dire, pour ceux qui n'ont pas deviné son nom Igor Semurow. C'est lui, désormais, qui va être chargé d'attaquer ce fort. Il va sans dire qu'il utilisera tous les moyens à sa disposition pour nous détruire. Nous savons déjà qu'avec lui il n'y aura pas de trêve ni de prisonniers... "il s'arrêta et fixa ses officiers" JE VEUX QUE NOUS FAISONS DE MÊME... œil pour œil, dent pour dent. Ce sera la loi de Talión celle qui règnera à partir de ce moment entre nous et l'ennemi. Je ne me lasserai jamais d'avertir qu'il ne devrait pas y avoir un seul oubli, ni la moindre distraction à Lotzzy. Entendu?

Tout au long de la matinée suivante, le calme était trop étrange pour naître de l'initiative d'Igor. Les Allemands étaient agités, nerveux, regardant la rive opposée vide et déserte et espérant que l'ennemi se précipiterait à l'assaut le plus tôt possible.

Il y avait quelque chose de sinistre dans ce silence, d'attente immense où les yeux et le corps tout entier venaient s'anéantir dans une tension nerveuse qui l'épuise et le détruit complètement.

Tout cela a annoncé l'arrivée d'une tragédie qui a finalement éclaté avec une brutalité effrayante.

C'était Kramer, celui qui avait toujours agi comme sergent-adjoint avec Trauber, qui, sous la garde du « glacis », descendit vers le poste de commandement. Les officiers rencontraient le capitaine.

« Que voulez-vous, Kramer ? » s'enquit-il en voyant le sergent.

« Je voulais demander au lieutenant Lukas quel peloton allait prendre la relève. Comme il commence à faire noir, j'ai pensé qu'il était temps de demander.

Les yeux de Karl se fixèrent sur le visage du sergent. Puis, d'un geste automatique, il jeta un rapide coup d'œil à la montre-bracelet. Il était exactement trois heures dix.

« Il commence à faire noir... » « avait dit Kramer.

D'un geste rapide pour que le sergent ne remarque pas ce signal, Trauber fit taire la surprise des autres. Puis, se levant, il s'approcha du sous-officier.

« C'est très bien, Kramer. Avec la permission du lieutenant, je serai le seul à nommer le peloton entrant "après une pause au cours de laquelle il a continué à regarder intensément son interlocuteur". J'aimerais monter aux postes, Karl. Voulez-vous m'accompagner?

« Quoi que vous ordonniez, capitaine, » l'autre se précipita pour répondre.

Il ne semblait pas « au jugement de Trauber » de mal répondre de son état d'esprit. Car Karl était plus que sûr que le pauvre sergent avait perdu la tête.

Il monta à l'échelle suivi du sergent. Dehors, le soleil, bien que faible, rendait tout encore très lumineux. Il restait encore plus de deux longues heures jusqu'au crépuscule.

Sans commentaire, Trauber se dirigea droit vers les parapets assemblés qui faisaient face à la rivière. Là, étendues parmi les sacs de sable, les sentinelles, fusils à la main, surveillaient constamment la rive opposée.

"Quoi de neuf les gars? "Demanda le capitaine avec jovialité." Vous voyez beaucoup de Russes ?

Les hommes se retournèrent, touchant respectueusement le bord du casque. L'un d'eux, un grand homme costaud, qui ne pouvait cacher son origine sud-allemande, a répondu avec un sourire.

« Avec les ténèbres qui se rapprochent de nous, vous pouvez très peu voir maintenant, monsieur.

Un frisson parcourut l'échine de Karl. Aussitôt, il jeta un coup d'œil vers la rive opposée où l'on pouvait encore voir beaucoup de détails. Certaines boîtes de conserve vides, abandonnées par les Soviétiques, brillaient comme des morceaux de miroir, blessées en biais par la lumière du soleil.

Trauber, faisant un énorme effort pour garder son sang-froid, interrogea un à un les soldats de la garde, et obtint, d'une manière catégorique, la même réponse.

— Je vais vous relever tout de suite, sergent Kramer. J'enverrai un autre peloton immédiatement.

Il descendit dans les sous-sols et après avoir donné personnellement les ordres appropriés, il se rendit, le cœur brisé, dans sa chambre où les officiers l'attendaient toujours.

Fermant la porte et s'y appuyant comme s'il craignait que ses paroles ne la rouvrent, il dit d'une voix chargée d'une indicible angoisse.

"Nos garçons deviennent aveugles...

* * *

Igor, confortablement installé dans sa tente, à environ quatre milles de la rive du fleuve, regardait avec une haine inhumaine la silhouette rétrécie devant lui.

Kupriew, la mitrailleuse à la main, ne manqua pas un seul mouvement de l'homme qui, penché sur lui-même, tremblait de terreur comme s'il se trouvait au milieu de la plaine gelée, entouré de loups affamés.

Semurow fumait ces « papirossi » interminables qui, depuis que le général l'avait invité, ne lui manquait plus un instant. Un courrier spécial de Moscou lui avait apporté dix énormes cartons, avec une dédicace personnelle du Kremlin.

A travers la fumée bleuâtre des longues cigarettes parfumées, les yeux malveillants du partisan semblaient exprimer une joie intime. En fait, c'était le cas. Igor était ravi de constater qu'en sa présence, les hommes étaient si diminués qu'ils semblaient ramper comme des êtres inférieurs et lâches qui ne méritaient pas une vie dont ils jouissaient de manière injustifiée. Car, pour Semurow, la seule chose valable était la décision et la joie d'effacer du monde des vivants tout ce qui était faible, malade ou ennemi.

Igor avait très peu lu. En fait, quand il l'a fait, il a trouvé extrêmement difficile de comprendre ce que les paroles exprimaient. Mais, doté d'une mémoire rare, il se souvenait néanmoins de tout ce qu'il avait entendu et, surtout, du contenu, pas totalement digéré, des discours que les « konsomoles » avaient l'habitude de faire lors de leurs courtes visites à Tepluja.

L'un d'eux s'était référé aux théories d'un sage anglais, qui déclarait comme axiomatique la lutte pour l'existence dans laquelle les moins parfaits, les meurtris, les faibles et, en général, les timorés, doivent nécessairement tomber devant les forts, pour ceux excellemment dotés par la Nature et qui étaient comme des prototypes, les seuls survivants de l'atroce lutte pour l'existence.

Ces mots étaient profondément gravés dans l'esprit obtus de Semurow, qui finit par se les approprier. Rien ne lui paraissait plus logique que l'expression d'un combat dont les forts étaient, irrévocablement, les vainqueurs.

Pour cette raison, et tandis qu'il regardait avec mépris l'homme devant lui, il sentit la haine de son propre pouvoir contre la figure tremblante de ce paysan qu'un de ses hommes avait capturé en l'entendant parler d'une certaine galerie qui passait sous la rivière.

Mais ce "mujik", mû par des pensées mystérieuses, s'était repenti de ses paroles, se défaisant une fois devant Igor.

« Je vous assure que je n'ai pas dit cela, camarade. Le camarade soldat a dû se tromper... Je suis sûr qu'il a mal interprété mes propos.

Igor laissa passer un peu de silence. Puis parlant lentement, syllabant gloutonnement chaque mot.

« On va t'arracher les yeux, sale espion. Ensuite, nous vous ferons chercher l'entrée de la galerie avec des bâtons. Ensuite, nous vous donnerons à manger avec nos chiens.

Le "mujik" tremblait de la tête aux pieds. Dans son pauvre cerveau, les quelques idées qu'il avait, formaient un mélange absurde, une sorte de brouhaha insensé dont il ne pouvait rien tirer de propre.

« Enlève son œil droit, Kupriew !

Il s'avança menaçant.

Le paysan, sentant la présence de l'autre, tomba à genoux devant Igor.

« Pardonnez-moi, père ! Je ne voulais pas dire ça ! Vraiment, il n'y a pas une telle galerie ! Je vous le jure, père !

« Enlève son œil droit, Kupriew !!

Un cri inhumain déchira le silence qui avait suivi les terribles paroles d'Igor. Plus tard, lorsque le « mujik » s'est effondré inconsciemment, faisant un geste de mécontentement envers son subordonné :

« Sortez ce cochon d'ici, Kupriew ! Ça va tacher mon tapis ! "Une pause", Ah ! ... Et quand il est ressuscité ... et propre, qu'ils le ramènent.

Ses ordres furent promptement obéis. Puis quand Kupriew est revenu vers lui.

Kupriew, que de merveilles ! Quand as-tu rêvé, espèce de pou dégoûtant, d'entrer dans une grande ville où tout est à ta disposition ? Eh bien, grâce à Igor Semurow, vous le ferez. Je vous promets! Tu peux commencer à rêver maintenant, vieux camarade. Vous souvenez-vous de la vie que nous menions à Tepluja jusqu'à ce que la guerre éclate ? Je me maudissais en passant, avant l'aube, devant la porte de la forge de ton père. Je maudissais ton père, ta mère et tous les tiens, car tu pouvais leur permettre de se lever deux ou trois heures plus tard que moi... Je t'assure que, en riant comme j'aurais pu, j'aurais incendié ta maison et le forge, juste pour te voir partir ! le lit quand j'allais travailler aux champs... Tu te souviens, camarade ? Tu peux commencer à rêver maintenant, vieux camarade. Vous souvenez-vous de la vie que nous menions à Tepluja jusqu'à ce que la guerre éclate ? Je me maudissais en passant, avant l'aube, devant la porte de la forge de ton père. Je maudissais ton père, ta mère et tous les tiens, car tu pouvais leur permettre de se lever deux ou trois heures plus tard que moi... Je t'assure que, en riant comme j'aurais pu, j'aurais incendié ta maison et le forge, juste pour te voir partir ! le lit quand j'allais travailler aux champs... Tu te souviens, camarade ? Tu peux commencer à rêver maintenant, vieux camarade. Vous souvenez-vous de la vie que nous menions à Tepluja jusqu'à ce que la guerre éclate ? Je me maudissais en passant, avant l'aube, devant la porte de la forge de ton père. Je maudissais ton père, ta mère et tous les tiens, parce que tu pouvais leur permettre de se lever deux ou trois heures plus tard que moi... Je t'assure que, des rires que j'aurais pu, j'aurais incendié ta maison et la forge, rien que pour te voir partir ! le lit quand j'allais travailler aux champs... Tu te souviens, camarade ?

Kupriew hocha la tête.

"Je te maudissais aussi toi et les tiens," répondit-il de sa voix monotone. Tu sais déjà que ta sœur Irina était belle comme une fleur qui s'épanouit au bord de la rivière, à travers la neige. Mais toi et les tiens m'ont toujours empêché de m'approcher d'elle. Et c'est pourquoi, chaque fois que je te voyais revenir avec l'équipe au crépuscule, je t'aurais tué pour qu'une seule fois tu ne sois pas arrivé en ville si tôt, alors que j'avais encore, avec mon père, trois bons heures de travail.

Semurow soupira avec la dernière bouffée de fumée.

« Tout ça, c'est du passé, camarade et il faut l'oublier au plus vite ! Vous n'êtes plus un forgeron, et moi non plus un paysan. Nous sommes les chefs de l'Armée rouge ! ... "Il s'arrêta comme s'il avait oublié le fil de sa pensée." Tu connais mon faible pour Irina. La dernière fois que nous étions à Tepluja, je l'ai supplié de nous suivre. Mais elle, après m'avoir vu tuer mon père, qui n'était qu'un réactionnaire dégoûtant, est restée là pour mourir, sûrement, transpercée par une balle nazie...

Les yeux de Kupriew brillaient sinistrement.

« Vous savez déjà que cette Compagnie est celle qui est maintenant de l'autre côté de la rivière, n'est-ce pas ?

"Je le sais déjà ! C'est pourquoi je prépare une série de surprises que, s'ils pouvaient rester en vie, ils n'oublieraient pas tout de suite" il s'est levé, s'agenouillant sur le tapis. " Savez-vous ce que je veux faire avec eux quand on les capture, vieux camarade ?

Kupriew haussa les épaules.

«Je vais envoyer leurs têtes en socos à Moscou. Je veux que ceux du Kremlin, lorsqu'ils reçoivent le colis dans une de ces salles, qu'ils disent les plus luxueuses du monde, s'évanouissent comme des putes lorsqu'ils découvrent le contenu « il a fait un rire à glacer le sang ». Pouvez-vous imaginer la scène, Kuprew ? On m'a dit que les communistes de Moscou se baignent et se parfument tous les jours comme les belles femmes de Berlin.

— Ça doit être vrai, répondit l'autre. Un camarade qui était là m'a dit que lorsque les nazis étaient si proches, ils ont fait une descente dans un commissariat du parti et que tous les sous-vêtements pour hommes étaient en soie.

Les deux ont ri ensemble, jusqu'à ce que les larmes leur montent aux yeux.

Eh bien, "Igor a coupé une fois qu'il a réussi à se remettre des effets du rire." Allez trouver le "mujik" et voyez s'il veut que nous enlevions l'autre œil. J'espère que vous y avez pensé mieux.

Kupriew se leva. Il était déjà à la porte du magasin lorsqu'il se retourna.

« Je me souviens du « commissaire ». Que pensez-vous que les Allemands lui ont fait ?

« Rien, j'en suis sûr. Ils vous auront battu pour faire une déclaration. Mais, vous savez que cet Usbeko a la tête très dure. C'est un bon garçon ! Quand je lui ai ordonné d'apporter les pots de gaz au fort, il n'a pas grimacé. Je savais déjà qu'il y avait des fissures à côté de l'eau qui menait aux parapets, à côté de très vieux trous dans le ciment. À cette heure, le gaz entrera de tous les côtés et laissera aveugles ces dégoûtants nazis. Ensuite, j'enverrai leurs têtes à Moscou pour que les communistes vêtus de soie se pâment...

« Pensez-vous que le gaz n'attaquera pas le « commissaire » ?

« Alors... si oui ? Après tout, si les choses avaient été comme elles auraient dû être, tu l'aurais tué quand on l'a trouvé. Allez, va chercher le « mujik » !

Quelques instants plus tard, le malheureux paysan entra dans la tente de Semurow, tremblant comme jamais auparavant.

Il ne le regarda même pas.

« Ou vous nous emmenez à l'entrée de la galerie pour sortir l'autre œil.

Le "mujik" tomba à genoux.

« Ne me fais pas souffrir davantage, mon père ! Avec un seul œil, je peux encore conduire l'équipe et ramasser le blé. Ces terres qu'ils nous ont données, en Pologne, donnent beaucoup de blé... vous savez ?

Igor bondit sur ses pieds.

« Enlève l'autre œil, Kupriew ! Il a crié hors de lui-même.

« Non ! Je vais vous dire où se situe l'entrée de la galerie, qui mène, sous la rivière, aux sous-sols du fort. Je vous accompagnerai, camarades.

"C'est bon. Va avec lui, Kupriew. Que des hommes te rejoignent. Je veux qu'ils aillent le plus loin possible et qu'ils reviennent, tout de suite, pour me dire ce qu'ils ont fait.

Kupriew sortit en accompagnant le "mujik" qui, se tournant vers Igor, le remercia de l'avoir sauvé de la torture.

« Je prierai les icônes tous les soirs pour toi, père !

Cinq minutes plus tard, Kupriew est revenu

« Nous partons maintenant, Semurow. Que faire du paysan après qu'il nous aura montré l'entrée de la galerie ?

Suspend le! Était la réponse laconique.

-

CHAPITRE CINQ

L'ANGOISSE DANS LE NOIR

La soirée épouvantable que le sergent Kramer a d'abord ressentie s'est étendue à tous les hommes de la Compagnie...

Ces braves soldats ne pouvaient rien faire quand, suivant les instructions de Trauber, ils essayaient de boucher avec des chiffons, avec du mortier d'argile et avec mille choses différentes, les trous et les interstices par lesquels s'infiltrait le formidable gaz aveuglant.

Ils comprirent tous, trop tard, que Semurow avait ignoré les lois de la guerre. Pour ce hors-la-loi, rien n'existait qui pût s'opposer à ses plans. D'ailleurs, une fois la compagnie Trauber disparue... Qui témoignerait que les Russes avaient libéré des gaz ?

Karl, surmontant l'horrible et lente agonie qui s'emparait de son âme, essaya, par tous les moyens à sa disposition, de faire preuve d'un courage exceptionnel face au malheur qui s'abattait sur eux. Enlevant le reste, il alla d'un endroit à un autre, insufflant l'espoir qu'au fond il ne ressentait rien du tout.

Il a parlé à ses hommes, déclarant catégoriquement que cette cécité ne durerait pas éternellement et que les dommages causés par les gaz aux yeux n'étaient que temporaires. Mais il fut le premier à ne pas se fier à ses propres mots.

Tout avait changé dans le fort. Il semblait que le courage des hommes se transformait en un désespoir franc, dans lequel le devoir avait plus de connotations de condamnation à mort inexorable qu'autre chose.

Les gardes continuaient, jour et nuit, dans cette obscurité éternelle, l'oreille attentive au moindre bruit. Ils ne pouvaient plus se fier à leurs yeux, et pour eux, les contours des choses s'étaient lentement estompés jusqu'à ne plus percevoir qu'une clarté diffuse peuplée d'objets étranges et méconnaissables.

Ils attendaient avec rage et désirs mitigés le moment de l'attaque. Lorsque les balles commençaient à siffler au-dessus de leurs têtes, dans le monde semi-invisible qui les entourait, ils se battaient férocement jusqu'au moment de la mort.

Malgré les efforts acharnés que Trauber faisait constamment, il ne réussit pas à arracher à ses hommes ce fatalisme qui les avait si profondément ancrés. C'était une situation intolérable, épouvantable à chaque instant, en attendant l'arrivée des hommes de Semurow qui mettraient fin à la Compagnie en un tour de main.

Désespoir!

Une sensation indéfinissable, d'une intensité émotionnelle douloureuse, dans laquelle vous tremblez et craignez quarante-huit heures par jour. Chaque seconde qui s'écoulait sans qu'il ne se passe rien d'étrange, était comme un siècle volé au destin qui façonnait, cruellement, la fin désastreuse de cette horrible aventure.

Pour tous les hommes de la Trauber Company, l'avant-poste de Lotzzy prit un nom qui lui convenait mieux qu'aucun autre :

Le Fort du Désespoir !

Ainsi attendaient-ils, à chaque instant, les cheveux hérissés de terreur, que les mains noueuses de leurs ennemis, dont ils ne pouvaient attendre aucune pitié, se refermaient définitivement sur leur cou...

* * *

« Il y a l'entrée de la galerie.

Laissant le paysan aux mains des deux hommes qui le tenaient fermement, Kupriew s'avança vers l'endroit où plusieurs rochers de taille régulière formaient l'entrée d'une grotte dont les bords étaient soutenus par du ciment.

Il devait s'agir d'une galerie construite par les Polonais pour traverser le fleuve sous l'eau, pour une raison que le Russe ne pouvait pas et n'était pas intéressé à expliquer.

C'est à ce moment précis, alors qu'il s'approchait de l'entrée de la galerie, qu'il vit une ombre humaine allongée là, formant une masse sombre, contrastant avec la noirceur de la grotte.

Sortant le long couteau dont il ne s'est jamais séparé, le Soviétique s'avança en rampant, se préparant à surprendre celui qui avait eu la terrible idée de s'endormir à cet endroit.

Une fois à côté de l'inconnue, qui gisait enveloppée dans une couverture sale, il se pencha, la tirant brutalement, alors qu'il s'apprêtait à lui enfoncer le couteau dans le corps, au moindre mouvement suspect.

Mais, sa surprise fut si grande que, sans se rendre compte exactement de ce qui lui arrivait, il laissa l'arme lui échapper des mains, tombant au sol où elle résonna bruyamment. Puis, d'une voix rauque, brisée par l'émotion :

« Irina !

Irina Semurow, la « Miss Nitchevo » des Allemands, écarquilla les yeux, les écarquillant de terreur qu'elle ressentait. Plus tard, comme un murmure, alors que des souvenirs désagréables surgissent et que l'on pense avoir été enterrés à jamais dans l'oubli.

« Kupriew !

Il avait récupéré son discours il y a quelques semaines, de la même manière calme qu'il l'avait perdu dans la lointaine Tepluja. Mais la triste expérience s'est presque répétée, lorsqu'il a rencontré quelqu'un qu'il n'aurait jamais pensé revoir.

« Oui, c'est moi, Irina chérie. Kupriew, l'homme qui n'a jamais cessé de t'aimer...

Elle tremblait comme une feuille d'arbre secouée par un violent coup de vent. Il ne cessait de regarder, les yeux écarquillés, cette apparition intempestive d'un passé qu'il voulait oublier pour de bon.

« Attends-moi un peu ici, Irina. Je viendrai tout de suite... Je te le promets.

La jeune femme était de garde.

« Tu vas prévenir mon frère ?

Kupriew secoua vigoureusement la tête d'un côté à l'autre.

« Tu penses que je suis fou ? Si Igor te connaissait ici, je te perdrais pour toujours. Et, maintenant que j'ai eu la chance de te trouver, je ne laisserai jamais personne me séparer de toi.

Les yeux du Russe brillaient de désir. Elle se retourna ou frissonna. Mais, au-dessus de sa terreur, un espoir se frayait un chemin dans le terrible chaos qui régnait dans son cerveau.

Le Soviétique s'est éloigné. Irina, s'enveloppant dans la couverture, n'arrêtait pas de réfléchir, incapable, pour le moment, de trouver une solution qui lui convienne. Mais au moins, il avait réussi à éviter une rencontre douloureuse et effrayante avec son frère.

Lorsque Kupriew est revenu, il s'est assis à côté d'elle, plaçant une boîte de viande et une gourde de "vodka" sur la couverture.

« Tu dois avoir faim, la pauvre !

Elle lui sourit, mangeant tranquillement. C'est vrai que la faim la saisit et pour cette raison, elle en finit avec le contenu de la canette, refusant, au contraire, de goûter à l'alcool.

« J'ai pris un verre dans la rivière il y a quelque temps. Merci Kupriew "et après une courte pause" : que faites-vous ici ?

Il sourit heureux de voir à quel point les choses allaient bien. À ce moment-là, sa haine pour Semurow augmentait rapidement.

« Nous allons attaquer le fort de l'autre côté de la rivière. Mais ne vous inquiétez pas, pop-corn. Il y a très peu d'ennemis là-bas et nous les tuerons en un rien de temps. Pensez à ce que signifie une seule Compagnie, déjà décimée, contre nous !

« Une entreprise allemande uniquement ? s'enquit-elle avec une fausse admiration.

"Oui. C'est la fameuse Trauber Company..._ mais ça n'a pas d'importance.

Elle dut s'appuyer au sol, des deux mains, pour éviter la décoloration qui s'emparait rapidement de tout son être. Alors c'était vrai ! Les soldats allemands qui l'avaient prévenue, à une centaine de kilomètres en arrière, lorsqu'elle avait traversé la rivière sur un ponton du Génie, n'avaient pas eu tort de lui dire que Trauber était à Lotzzy. La joie et la tristesse étaient intimement mêlées dans son âme.

Kupriew, croyant l'intéresser avec sa bravade, a continué à exposer le plan de Semurow pour reprendre le fort.

« Nous avons découvert une galerie par laquelle nous entrerons dans les caves. Ces cochons nazis vont avoir une belle surprise.

Pour elle, il n'y avait rien d'autre, dans l'imminent, que d'avertir l'homme qu'elle aimait du danger qui pesait sur lui et ses soldats.

Combien en resterait-il parmi ceux qu'elle avait rencontrés ?

Il avait des souvenirs indélébiles de ces garçons qu'il considérait comme des frères. C'était la page la plus excitante d'une vie pleine d'amertume.

« Je dois retourner au camp, Irina. Et je veux qu'aucun des hommes de ton frère ne te voie. Vous pouvez vous cacher ici, puisque nous allons utiliser la galerie. Il faudra très peu de temps pour percer l'extrémité qui, nous a-t-on dit, est complètement fermée. Alors tout passera vite et bientôt je reviendrai à tes côtés. Ce sera le moment de quitter définitivement Semurow. Nous allons vivre dans un endroit où ton sale frère ne pourra jamais nous trouver.

Elle acquiesça. Il voulait que cet individu dégoûtant s'en aille le plus vite possible. Il ne pouvait pas, malgré tous ses efforts, éprouver la moindre compassion pour Kupriew, car la lueur de désir dans ses yeux exprimait le seul genre d'amour qu'on pouvait attendre de lui.

Le Russe sortit son pistolet et le tendit à la jeune femme.

« Tiens, Irina. Si quelqu'un veut t'embêter... Tue-le ! Ce sera mieux pour lui si tu ne le blesses pas gravement, car je le couperais en morceaux.

Maintenant... » sa voix devint intensément rauque ." ... donne-moi un baiser, ma belle.

"Nitchevo" a évité la nausée par pur miracle. Quand ses lèvres se séparèrent enfin des siennes, elle soupira de soulagement.

Une fois seul, peu de temps de repos était autorisé. Il voulait passer de l'autre côté de la rivière le plus tôt possible. Mais son projet initial, passé par la galerie, s'était effondré lorsqu'il apprit, par Kupriew, qu'il n'y avait pas de communication directe avec le fort.

J'ai dû traverser la rivière à la nage. A cette idée, il frémit, puisqu'il avait entendu quelques paysans qu'il rencontra avant d'atteindre l'embouchure de la galerie parler des redoutables sables mouvants qui délimitaient les bords d'une étroite étendue d'eau, dépourvue d'un tel danger.

Elle devrait rester au centre, luttant sans cesse contre le courant perfide qui la pousserait dans les sables d'où James pourrait émerger.

Ce n'était pas la peur qui l'inquiétait. Au moins la peur de perdre la vie. Ce qu'elle craignait, en réalité, c'était de ne pas pouvoir prévenir à temps ses amis, les sauvant d'une mort qui, lorsqu'elle se souvint des soldats pendus aux arbres de Tepluja, la fit à nouveau frissonner.

Avec une décision merveilleuse, elle a placé le pistolet dans un mouchoir qu'elle portait, puis l'a noué étroitement autour de sa tête. Puis, sans plus hésiter, il se mit à marcher vers la zone devant le fort.

C'était le crépuscule quand il entra dans l'eau. Avant de le faire, elle a prié Dieu pour que les Allemands ne la prennent pas pour une ennemie et ne la tuent pas au milieu de la rivière. Mais, en plus, elle avait confiance qu'avant de tirer contre elle ils l'observeraient avec les jumeaux.

L'eau était presque glaciale et Irina mit longtemps à réagir, nageant vigoureusement et sans accrocher, en guise de réticule, le « glacis » gris de la forteresse de Lotzzy.

Pendant environ une heure, il luttait courageusement contre le puissant courant qui tirait sans cesse son corps vers la zone des sables mouvants. Enfin, et lorsqu'il crut bientôt céder à la fatigue, il parvint à s'emparer de quelques herbes aquatiques qui poussaient du bas de la pente caillouteuse.

"Haute!

Il entendit la voix, tandis que les premiers projectiles sifflaient dangereusement autour de lui comme des abeilles en colère.

À moitié morte de peur, elle fit un effort suprême et, tirant sa force de sa faiblesse, cria jusqu'à en devenir rauque.

"Je suis" Nitchevo "...! Je suis "Nitchevo"...! Appelez le capitaine Trauber... !

* * *

Le lieutenant Lukas dévalait les escaliers qui menaient à la chambre du capitaine. Deux fois de suite, il a failli tomber. Mais, dans son aveuglement, il avait déjà commencé, comme tous les hommes de la Compagnie, à marcher les armes déployées dans des lieux qu'ils connaissaient déjà en détail.

« Capitaine Trauber... ! Capitaine Trauber !

Karl, qui avait déjà entendu le feu des fusils, se précipitait hors de sa petite chambre. Le moment du combat semblait arrivé et lui et Trauber serrèrent les poings, espérant que, si la mort l'atteignait, il pourrait, au moins, mourir les mains jointes sur le cou de son ennemi haï.

« Capitaine Trauber !

La voix de Karl prit un ton dur. Cela l'agaçait que des hommes et même des officiers depuis que la cécité les avait blessés, devenaient des êtres faibles, paresseux, comparés aux durs soldats qu'ils étaient autrefois.

« J'ai déjà entendu les coups de feu, lieutenant !

Mais l'autre, ignorant le ton dur du capitaine, vint à ses côtés, et le trouvant, au bout de ses mains tremblantes, le coupa court avec une force irrésistible.

"Mais," protesta Karl. Qu'est-ce qui ne va pas chez lui, Lukas ?

"Mlle" Nitchevo "est arrivée, mon capitaine ! C'est elle qui a alarmé les hommes sur les parapets. Ils le hissent maintenant !

Trauber sentit son cœur commencer à battre avec une fureur inhabituelle alors qu'une rougeur ardente lui brûlait les joues. Main dans la main avec l'officier, il monta l'escalier aussi vite qu'il le put, quand il arriva en haut, les conversations animées des soldats le rendirent encore plus excité.

Soudain, un cri retentit à ses côtés, puis, sans savoir comment, les bras de la jeune fille l'entourèrent, en même temps qu'il sentait, à nouveau, ces lèvres qui s'accrochaient anxieusement aux siennes.

« Karl mon cher !

Les larmes d'Irina lui brûlaient le visage.

« Mais... comment es-tu arrivée ici, ma fille ?

Après l'avoir guidé dans les escaliers et dans sa chambre, elle lui a tout expliqué en détail. Les yeux de la jeune fille ne se séparèrent pas de ceux de l'homme qu'elle aimait, tandis que les mots sortaient de ses lèvres serrées pour qu'il ne remarque pas les larmes qui continuaient à sculpter son visage.

Karl était aveugle ! ... Ils étaient tous aveugles !

Il n'en était jamais venu à haïr son frère, pas lorsqu'il assassinait ignoblement son père, comme à ces moments-là. Une fureur incontrôlable s'empara d'elle avec une force qui la dominait complètement.

« Il faut se dépêcher, Karl ! Ces bandits doivent traverser la galerie et vont bientôt s'introduire pour vous prendre au dépourvu.

Il caressa les cheveux de son "Nitchevo" avec une tendresse qui exprimait certainement la violence de son amour. Mais dans le cerveau de Karl, les idées se réunissaient dans un plan qui ferait à jamais dérailler les sinistres desseins de son ennemi.

Forçant Irina à prendre un repos bien mérité, après avoir troqué ses vêtements trempés contre ceux d'un soldat allemand, le capitaine convoqua ses officiers, les informant de la manœuvre qu'ils devaient effectuer.

Une nouvelle atmosphère régnait à l'intérieur du fort. L'arrivée de "Nitchevo" avait été comme une gigantesque injection d'optimisme pour les hommes de Trauber. De plus, lorsque les précieuses informations que la jeune femme avait apportées ont été connues en détail, la noirceur physique de la cécité, a été traversée par un rayon d'espoir lumineux qui a puissamment remonté le moral de chacun.

Ils travaillaient dur, ne se permettant pas le moindre repos, tandis que le bruit des hommes de Semurow entrant dans les caves parvenait à leurs oreilles.

* * *

« Qu'y a-t-il, Kupriew ?

Ils traversèrent la galerie, brillamment éclairée par les lanternes des soldats qui avançaient, leurs armes prêtes.

Kupriew tourna la tête vers son patron, qui marchait à côté de lui.

« Que disiez-vous, camarade Semurow ?

Igor laissa échapper un petit rire coupant.

« Tu es définitivement sur la lune, vieil ami ! Mais, ce que vous ne savez pas, c'est que votre patron, Igor, lit dans les yeux de ses hommes comme dans un livre ouvert « alors, avec une voix urgente qui ne permettait aucune réponse » : vous allez me dire tout de suite ce que ça ne va pas avec toi, Kuprew. Entendu?

Le Russe pensa, à toute allure, ce qu'il devait faire. S'il mentait à Igor, il était plus que possible qu'Igor se rende compte de la tromperie et que les choses finiraient mal là. Le mieux serait de dire la vérité. Après ou pendant le combat, une bonne occasion peut bien être trouvée pour éliminer votre patron sans éveiller les soupçons des autres. Dans un tel état de fait, il serait celui qui remplacerait Igor.

« J'ai trouvé Irina » dit-il sans oser regarder l'autre en face.

La main gauche de Semurow s'est refermée sur son bras avec une telle force que Kupriew craignait qu'elle ne le fracture.

« Irina ? Tu mens, sale chienne !

« Je ne mens pas, Igor. Je l'ai récemment trouvé à côté de la galerie. L'autre relâcha son bras.

« Peux-tu me dire pourquoi tu ne l'as pas emmenée au camp ? "Et après une courte pause" Comment tu l'as touchée, je te ferai brûler vif !

"Je ne lui ai rien fait de mal", s'empressa de dire Kupriew. Je voulais qu'il vous parle doucement, avant de se présenter à vous. Il a très peur de toi, Semurow.

Il laissa échapper un autre de ses rires sardoniques habituels. Puis, dégainant rapidement le pistolet, il déchargea le chargeur sur Kupriew.

« Vouliez-vous le garder pour vous, vieux camarade ? Ce n'est pas ça? Vous saviez pourtant déjà depuis longtemps, puisque nous habitions à Tepluja, qu'Irina n'était pas pour vous... Un forgeron ! La guerre t'a bouleversé, vieux camarade, et regarde d'où tu es venu en ne sachant pas attendre. Encore un peu de patience et tu aurais eu autant de belles femmes de Berlin que tu aurais voulu... Mais... tu étais très pressée... et tu as toujours été comme ça, vieux cochon.

Arrivés au bout de la galerie, les hommes de Semurow commencèrent rapidement leur travail. Après avoir nettoyé une grande zone de débris, ils ont commencé à se frayer un chemin vers le haut à une force maximale. Finalement, quand Igor a réalisé à quel point le travail avançait lentement, il a rapidement changé de tactique.

« Déposez une charge de TNT ! Nous allons percer immédiatement. Ensuite, nous entrerons dans le fort et les tuerons comme des lapins.

Que pouvaient bien faire les pauvres aveugles ? Ils recevraient le coup mortel, sans savoir exactement d'où il venait. La bataille, si elle pouvait être nommée, serait un jeu d'enfant pour les hommes de Semurow.

L'explosion a ouvert un trou assez grand pour que quatre hommes puissent y passer en même temps. Avant que la fumée ne se dissipe, Igor, tenant le pistolet, a poussé un cri de guerre.

« Allons-y les gars ! Chassez les nazis !

*　*　*

Depuis le monticule isolé sur lequel était située la Compagnie Trauber, Irina Semurow, qui avait supplié tout le monde de continuer à l'appeler "Nitchevo", regarda attentivement la silhouette sinistre de la forteresse de Lotzzy.

Karl avait tout préparé pour un accueil exceptionnel aux partisans et avec la jeune femme, il espérait que ses beaux yeux, les seuls capables de percer les ténèbres qui étaient tombées sur les siens, pourraient l'avertir de l'entrée de ses ennemis.

Ses mains reposaient sur l'interrupteur mécanique, dont le câble serpentait jusqu'au blockhaus. Tout était dans cette tranquillité immense et vide qui semble annoncer de grandes catastrophes.

Une petite explosion a atteint toutes les oreilles.

« Ils ont dû percer le sous-sol ! Trauber a prévenu.

Puis il se tut. Il devina ses hommes, le visage tendu vers le fort, impatient que « Nitchevo » donne l'ordre que tout le monde attendait.

Au bout d'un moment où tout était réglé, les cris des envahisseurs les atteignirent. Irina, de son poste d'observation, a vu le reflet des lanternes des hommes d'Igor qui avaient pénétré à l'intérieur du fort.

Une de ces lumières pourrait être entre les mains de son frère. Pendant un instant, son cœur arrêta le rythme habituel de ses battements, tandis que l'angoisse la submergeait. Mais presque immédiatement, l'image de son père et de Karl, leurs yeux ternes dans une obscurité horrible, lui fit à nouveau couler du sang sur les joues.

« Tire, Trauber !

Karl actionna l'interrupteur, essayant, les yeux aveugles et le visage tourné vers l'avant, d'attraper une partie de l'éclat de l'explosion.

Mais la seule personne qui a dû plisser les yeux était Irina ...

Les énormes éclairs ont illuminé la région comme en plein jour. Puis l'explosion fit trembler le ciel et la terre comme secoués par un frisson douloureux.

Lentement, le silence tuait les derniers échos qui roulaient sur la terre...

A la tête de la Compagnie qui s'éloignait vers l'Ouest, Irina était au bras de sa bien-aimée. Tous les tristes souvenirs de sa vie avaient été effacés, définitivement, avec l'explosion qui semblait les avoir détruits à jamais.

Dans les rangs, la première mesure de "Marlene" commença à se faire entendre. Peu à peu, la clameur de la chanson grandit jusqu'à occuper toute la portée de l'univers qui les entourait.

Les voix, sonores, puissantes et viriles, tissaient, dans l'air de la nuit, « celle du dehors et celle que chacun avait dans les yeux » la légende d'une lutte atroce qu'aucune génération ne pourrait oublier.

Et, tandis que la chanson résonnait dans ses seins, comme un rythme d'espoir qu'aucune défaite ne pourrait étouffer, "Nitchevo" appuyée sur son amant, la tête sur sa poitrine et entendant les phrases de la mélodie de ses lèvres, pleura et il rit dans un mélange de bonheur et d'illusion, son regard sur l'horizon incertain où le soleil s'était couché.

FINIR

74

www.ingramcontent.com/pod-product-compliance
Lightning Source LLC
Chambersburg PA
CBHW060451160726
47992CB00003B/1182